Goosebumps®

Goosebumps®

Goosebumps®

雞皮疙瘩 34

禮堂的幽靈

Phantom of the Auditorium

R.L. 史坦恩（R.L.STINE）◎著

孫梅君◎譯

致台灣讀者

讀者們，請小心……

我是R・L・史坦恩，歡迎到「雞皮疙瘩」的可怕世界裡來。

你是否曾在深夜裡聽到過奇怪的嚎叫？你是否曾在黑暗中聽到腳步聲——卻根本看不到人？你是否見過神祕可怖的陰影，幽幽暗處有眼睛在窺視著你，或者身後有聲音叫你的名字？

如果是這樣，你應該了解那種奇特的發麻的感覺——那種給你一身雞皮疙瘩、被嚇呆的感覺。

在這些書裡，幽靈在閣樓上竊竊低語；膽顫心驚的孩子忽而隱形；稻草人活了，在田野裡走來走去；木偶和布娃娃也有生命，到處嚇人。

當然，這些都是磨礪心志的好玩的嚇人事。我希望你們感到害怕，同時也希望你們大笑。這都是想像出來的故事。當然，最可怕的地方在你們自己心裡。

過個害怕的一天吧！

R L Stine

出版緣起

人生從奇幻冒險開始

何飛鵬
城邦媒體集團首席執行長

我的八到十二歲是在《三劍客》、《基度山恩仇記》、《乞丐王子》中度過的。可是現在的小孩有更新奇的玩具、電玩、漫畫，以及迪士尼樂園等。

八到十二歲，正是孩子從字數極少、以圖畫爲主的繪本閱讀，跨越到漸漸以文字閱讀爲主的時期。也正是訓練孩子從圖像式思考，轉變成文字思考的重要階段。在這個階段，養成長期的文字閱讀習慣，能培養孩子敘事、分析、推理的邏輯思辨能力，奠定良好的寫作實力與數理學力基礎。

然而，現在的父母擔心，大環境造成了習於圖像、不擅思考、討厭文字的一代。什麼力量能讓孩子重回閱讀的懷抱呢？

全球銷售三億五千萬冊的「雞皮疙瘩」，正是爲了滿足此一年齡層的孩子的需求而誕生的！

無論是校園怪奇傳說、墓地探險、鬼屋驚魂，或是與木乃伊、外星人、幽靈、吸血鬼、殭屍、怪物、精靈、傀儡相遇過招，這些孩子們的腦袋裡經常出現的角色或想像，經由作者的生花妙筆，營造出一個個讓孩子們縱橫馳騁的魔幻時空、光怪陸離的神奇異界，經歷各種危急險難，最終卻又能安全地化險為夷。這樣的冒險犯難，無論男孩女孩，無不拍案稱奇、心怡神醉！

本系列作品被譯為三十二種語言版本，並在全球數十個國家出版，創下了出版史上多項的輝煌紀錄，廣受世界各地孩子的喜愛。作者史坦恩表示，這套作品之所以成功，是因為多年的兒童雜誌編輯工作，讓他對兒童心理和兒童閱讀需求有了深刻理解——他知道什麼能逗兒童發笑，什麼能使他們戰慄。

我們誠摯地希望臺灣的孩子也能和世界上其他的孩子一樣，有更豐富多元的閱讀選擇。更希望藉由這套融合驚險恐怖與滑稽幽默於一爐，情節緊湊又緊張的「雞皮疙瘩系列叢書」，重拾八到十二歲孩子的閱讀興趣，從而建立他們的閱讀習慣，擁有一個快樂學習的童年。

現在，我們一起繫好安全帶，放膽體驗前所未有的驚異奇航吧！

專文推薦

戰慄娛人的鬼故事

廖卓成
國立臺北教育大學語文與創作系兒童文學教授

這套書很適合愛看鬼故事的讀者。

文學的趣味不止一端，莞爾會心是趣味，熱鬧誇張是趣味，刺激驚悚也是趣味。有人擔心鬼故事助長迷信，其實古典小說中，也有志怪小說一類，《聊齋誌異》就有不少鬼故事。何況，這套書的作者開宗明義的說：「這都是想像出來的故事」，不必當眞。

既然恐怖電影可以看，看鬼故事似乎也無妨；考試的書讀久了，偶爾調劑一下，對頭腦卻是有益。當然，如果看鬼片會連續失眠，妨害日常生活，那就不宜勉強了。

雋永的文學作品，應該有深刻的內涵；但不少兒童文學作品說教有餘，趣味不足。只要有趣味，而且不是害人爲樂的惡趣，就是好的作品。鮑姆（Baum）在《綠野仙蹤》的序言裡，挑明了他寫書就是爲了娛樂讀者。

倒是內行的讀者，不妨考校一下自己的功力，留意這套書的敘事技巧，由主角「我」來講故事，有甚麼效果？書中衝突的設計與化解，是否意想不到又合情合理？能不能有不同的設計？會不會更好？這是另一種引人入勝之處。

導讀

結局只是另一場驚嚇的開始

耿一偉
臺北藝術節藝術總監
臺北藝術大學戲劇系兼任助理教授

不知道大家還記不記得，小時候玩遊戲，比如捉迷藏等，都會有一個人要當鬼。鬼在這個遊戲中很重要，沒有鬼來捉人，遊戲就不好玩。這些遊戲的關鍵特色，不是人要去消滅鬼，而是要去享受人被鬼追的刺激樂趣。所以當鬼捉到人後，不是遊戲就結束，而是下一個人要去當鬼。於是，當鬼反而是件苦差事，因爲捉人沒有樂趣，恨不得趕快找人來替代。所以遊戲不能沒有鬼，不然這個遊戲就不好玩了。

在史坦恩的「雞皮疙瘩系列」中，這些鬼所扮演的角色也是類似遊戲中的鬼，給我帶來閱讀與想像的刺激。各位讀者如果留意一下，會發現在他的小說中，都有一個類似的現象，就是結局往往不是一個對抗式的終局，一種善惡誓不兩立，以消滅魔鬼爲最終目標的故事——這比較是屬於成人恐怖片的模式，不是你死，就是人類全部變殭屍。但「雞皮疙瘩系列」中，你的雞皮疙瘩起來了，可是結尾的時候，鬼並不是死了，而是類似遊戲一樣，這些鬼換了另一種角色，而且有下一場遊戲又要繼續開始的感覺。

礙於閱讀的樂趣，我無法在此對故事結局說太多，但各位看完小說時，可以再回想我在這裡說的，就知道，「雞皮疙瘩系列」跟遊戲之間，的確有類似性。換另一個角度來看，這些主角大多爲青少年，他們在生活中碰到的問題，如搬家面對新環境、男生女生的尷尬期、霸凌、友誼等，都在故事過程一一碰觸。

「雞皮疙瘩系列」令人愛不釋手的原因，也在於表面上好像主角是鬼，但讀到一半，你會感覺到，故事的重點不知不覺地從這些鬼怪轉移到那些被追的青少年身上，鬼可不可怕不是重點，重點是被追的過程中，一些青少年生活中的苦悶，也被突顯放大，甚至在故事中被解決了。所以你會在某種程度感受到，這本書的內容是在講你，在講你的生活，在講你的世界，鬼的出現，只是把這些青春期的事件給激化了。

另一個有趣的現象，是從日常生活轉入魔幻世界的關鍵點，往往發生在父母不在身邊，然後主角闖入不熟識空間的時候——比如《魔血》是主角暫住到姑婆家、《吸血鬼的鬼氣》是闖入地下室的祕道、《我的新家是鬼屋》是新家的詭異房間……等等。

因爲誤闖這些空間，奇怪的靈異事件開始打斷平凡無趣的日常軌道，一段冒險展開了，一場你追我跑的遊戲開始進行，而父母們往往對此毫無所悉，不知道自己的兒女在故事結束時，已經有所變化，變得更負責任，更勇敢。

「雞皮疙瘩系列」的意義，也在這個地方。在平凡無奇充滿壓力的青春期校園生活中，有那麼多不快樂、有那麼多鬼怪現象在生活中困擾著我們，但這無法跟家長說，因爲他們不能理解，他們看不到我們看到的。但透過閱讀，透過想像力所引發的鬼捉人遊戲，這些不滿被發洩，這些被學校所壓抑的精力被釋放了。

幸好有這些鬼怪的陪伴，日子不再那麼無聊，世界可以靠自己的力量改變。

終究，在青少年的世界裡，鬼怪並不是那麼可怕，在史坦恩的小說中，也往往會有主角最後拯救了這些鬼怪的情形，彷彿他們不是惡鬼，而比較像誤闖人類世界的外星人……這也是青少年的焦慮，他們正準備降臨成人世界，這件事讓他們起了雞皮疙瘩!!

這句英文怎麼說

我們以為這一切不過是個大玩笑。
We thought it was all just a big joke.

1.

我們學校有個神祕的幽靈。

從來沒有人見過他，也沒有人知道他住在哪兒。

但是他流連在我們學校已經超過七十年了。

是我和我最好的朋友柴克發現他的——就在我們演出一齣關於幽靈的話劇的時候。我們的指導老師告訴我們這齣戲受到了詛咒，但是我們不相信她。我們以爲這一切不過是個大玩笑。

但是當我親眼看見那個幽靈時，我知道這不是玩笑。這一切千眞萬確，絲毫不假。

我們倆發現幽靈的那晚，是我們這輩子最驚悚的一夜！

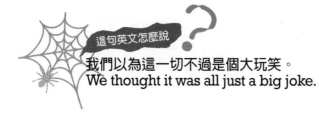

但是我應該從頭說起。

我的名字叫做布魯克·羅傑斯，是伍茲米爾中學一年級的學生。

柴克·馬修斯是我最好的朋友。很多其他的女孩覺得奇怪，我最好的朋友竟然是個男生，但是我不在乎。柴克比我認識的所有女孩都酷得多、有趣得多，而且他跟我一樣，是個恐怖電影迷。

在過去九年間，柴克一直是我最好的朋友，我們幾乎知道彼此所有的事情。譬如說，我知道柴克到現在還在穿「大青蛙科米」圖案的睡衣！

每次我告訴別人這件事，柴克總是很生氣，臉孔漲得通紅，這時他的雀斑就會變得更顯眼了。

柴克討厭他雀斑的程度，簡直就跟我厭惡眼鏡差不多。我不知道他爲什麼這麼在意幾顆小雀斑。一段時間之後，你根本不太會注意到它們。而且，當他夏天曬黑之後，那些雀斑幾乎就完全消失了。

我真希望我的眼鏡也能消失，它讓我看起來呆頭呆腦的。但是如果我不戴眼鏡，我走路就會撞到牆壁！

這句英文怎麼說

我不必轉身就知道那是誰。
I didn't have to turn around to know who it was.

學校裡有些女孩覺得柴克很可愛，但我可從來不這麼認為。我猜這是因為我們幾乎打從出生就認識他了——打從我們的媽媽在保齡球社團結識，然後又發現她們住在同一條街上開始。

關於幽靈的騷動是從幾週前的一個星期五開始的。最後一堂課下課後，我正要打開我的置物櫃。我把頭髮從臉上拂開，轉動著號碼鎖。這個爛鎖老是卡住，把我搞得快抓狂了。

試了四次之後，我終於把號碼鎖打開了。我把課本扔了進去，「砰」的一聲關上櫃門。我才不會在週末把教科書搬回家呢！就在這一刻，我放假了！整整兩天不用上學！

太棒了！

在我還沒來得及轉身之前，一隻拳頭擦過我的耳畔，「砰」的一聲砸在我的櫃子上！

「怎麼啦，小布嚕？」我身後傳來一個聲音。「週末沒有家庭作業嗎？」

我不必轉身就知道那是誰。全世界只有一個人膽敢叫我「小布嚕」。

我轉過身，看見柴克齜牙咧嘴的傻笑著。他那前半邊很長、後面剪得非常短，幾乎剃得精光的金髮，落在一隻眼睛上。

我笑了起來，然後朝他吐了吐舌頭。

「眞是幼稚呀，小布嚕。」他低聲嘀咕。

接著我翻開眼皮，把紅色的眼瞼掀在外頭。這是我一項噁心的本事，通常都會惹得別人咋舌尖叫。

柴克卻連眼睛都沒眨一下。他已經看過我這把戲無數次了。

「沒有，沒有家庭作業！」我回答道：「不用帶書本，什麼也不用帶。我這個週末完全解放！」

然後我想到一個很棒的主意。「嘿，柴克，」我說道：「你覺得瑞奇明天能不能帶我們去恐怖電影節？」

我好想去看鎮上戲院上映的一系列三部恐怖電影，其中一部還是3D立體的呢！柴克和我一天到晚看恐怖片，目的只是爲了取笑裡頭的恐怖橋段。我們的個性粗枝大葉，從來不會被嚇到。

這句英文怎麼說

柴克卻連眼睛都沒眨一下。
Zeke didn't bat an eye.

「或許吧，」柴克回答，一邊把頭髮從臉上拂開。「但是瑞奇被禁足了，他被罰一個星期不能用車。」瑞奇是柴克的哥哥，他幾乎大半輩子都被禁足。

柴克把背包換到另一邊的肩膀上。「先別管恐怖電影節了，布魯克。妳是不是忘了什麼重要的事？」他瞇起眼睛看著我。「某件重要的事？」

我皺起鼻子。忘了什麼事？我想不起來。「什麼事呀？」我最後還是問了他。

「拜託，小布嚕！再想想嘛！」

我真的不知道柴克說的是什麼事。我把我的長髮抓成馬尾，用手腕上的橡皮圈紮起來。

我兩邊手腕上總是各掛著一條橡皮圈。我喜歡做好準備。你永遠不知道什麼時候會需要橡皮圈。

「眞的，柴克，我想不起來，」我一邊說著，一邊緊緊的紮好一條馬尾辮。「你爲什麼不直接告訴我？」

就在這個時候，我想起來了。「演員表！」我拍了一下額頭，喊道。我怎麼會忘了呢？柴克和我等待了漫長的兩個星期，就是要知道我們有沒有在學校的話劇中分派到角色。

「快點！我們快去看看！」我抓起了柴克的法蘭絨襯衫袖子，一路把他拉到禮堂去。

柴克和我都參加了這齣戲的選角試演。去年我們在歌舞劇《紅男綠女》中飾演了兩個小角色，我們的指導老師渥克小姐告訴我們，今年要演的是齣驚悚劇。

我和柴克光聽到這句話就夠了。我們非參加演出不可！

我們看見佈告欄前擠著一大群孩子，他們也都是來看演員表的。

我緊張極了！「我不敢看，柴克！」我喊道：「你去看好嗎？」

「好，沒問……」

「等等！我來看！」我改變了主意，喊道。我老是這樣，柴克說這很令他受不了。

我深吸了一口氣，排開眾人往前擠。我咬著左手大拇指的指甲，右手手指比了個十字，抬頭朝名單望去。

但是當我看見佈告欄上的文字時，我險些咬掉整根拇指！

這句英文怎麼說

柴克和我都參加了這齣戲的選角試演。
Zeke and I had both tried out for the play.

在演員表旁邊，還釘著一張告示——

布魯克・羅傑斯注意：

請到校長李維先生的辦公室報到，

妳已遭到退學處分。

2.

退學？

我震驚得倒抽了一口氣。

難道李維先生發現是我把沙鼠放進教師休息室的嗎？

退學。

我感到胃裡一陣翻攪。

爸媽一定會氣壞了。

接著我聽見咯咯的笑聲。

我轉過身，發現柴克笑得快沒氣了。

其他孩子也都在笑。

這句英文怎麼說

我感到胃裡一陣翻攪。
I felt sick to my stomach.

我氣憤的瞪著柴克。「那張告示是你貼的？」

「當然囉！」他回答，笑得更厲害了。

他有種病態的幽默感。

「我從頭到尾都沒有相信。」我騙他。

我回頭去看佈告欄上的演員表，來來回回讀了三遍，無法相信自己的眼睛。

「柴克！」我越過其他孩子的頭頂喊道：「你和我——我們是主角耶！」

柴克訝異得張大了嘴巴，然後他朝我咧嘴一笑。「是喔，當然。」他翻翻白眼，低聲說道。

「我沒騙你，是眞的！」我喊道：「我們得到兩個最吃重的角色！你自己過來看！你要扮演幽靈耶！」

「不可能的啦！」柴克還是不相信。

「她說的是眞的，柴克。」我身後一個女孩說道。她是蒂娜．鮑爾，是二年級生。她正擠過人群走來。

我總覺得蒂娜．鮑爾不太喜歡我。我不知道爲什麼，我們根本不算熟識，但她似乎總是衝著我皺眉頭，好像我牙縫裡塞著青菜或什麼似的。

「讓我看看！」柴克說道，同時擠過人群。「哇！我眞的要當主角耶！」

「我要扮演艾絲莫瑞妲，」我讀著那個名字。「不曉得艾絲莫瑞妲是什麼人。嘿，也許她是那個幽靈發瘋的老後母，或者是從冥府回來的無頭鬼妻子……」

「別再掰了，布魯克，」蒂娜朝我皺皺眉，說道：「艾絲莫瑞妲只是某個戲院主人的女兒。」她的口氣彷彿艾絲莫瑞妲是個無足輕重的小角色。

「哦，那妳演什麼角色，蒂娜？」

蒂娜不自在的挪了挪身子。

其他幾個孩子轉過頭來，聽她怎麼回答。

「我是妳的候補！」她盯著地板，含糊的說：「所以如果妳生病或怎麼了，不能參加演出，我就會接替妳飾演艾絲莫瑞妲的角色。」

「我還負責所有的佈景！」她誇口道。

我想說幾句惡劣譏諷的話，讓高傲小姐蒂娜·鮑爾在所有人面前下不了台。

但是我半句話也想不出來。

這句英文怎麼說

要說出惡劣小氣的話是很困難的。
It's hard to think of mean, nasty things to say.

我不是個惡劣小氣的人，要說出惡劣小氣的話是很困難的——即使是在我想要這麼做的時候。

於是我決定不理會她。我對於演出這齣戲太興奮了，蒂娜．鮑爾是無法破壞我的興致的。

我披上牛仔夾克，把背包甩到肩上。「走吧，幽靈，」我對柴克說道：「我們到附近作祟去吧！」

星期一下午，我們開始排練。

我們的導師渥克小姐負責指導這齣戲。

她站在禮堂的舞台上，手裡捧著一疊厚厚的劇本，看著台下的我們。

渥克小姐生著一頭卷曲的紅髮，還有一對漂亮的綠眼睛。她非常瘦，纖細得像根鉛筆。她是個非常好的老師——雖然稍嫌嚴格，但卻是個好老師。

柴克和我在第三排比鄰而坐，我環顧其他同學，每個人都在交談，大家似乎都很興奮。

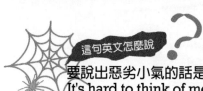

「妳知道這齣戲在演些什麼嗎？」柯瑞．史克拉問我。他飾演我的父親，我是說，艾絲莫瑞妲的父親。柯瑞跟我一樣，有頭栗子色的棕髮，也戴眼鏡。或許這就是我們會被選來演父女的原因。

「這可問倒我了，」我聳聳肩，回答道：「沒有人知道這齣戲是在演些什麼。我只知道它是個恐怖故事。」

「我知道這齣戲的劇情！」蒂娜．鮑爾大聲喊道。

我在座位上轉過頭來。「妳怎麼會知道？」我質問道：「渥克老師又還沒發劇本。」

「很久很久以前，我的曾祖父唸的就是這所伍茲米爾中學。他告訴我所有關於《劇場魅影》這齣戲的事。」蒂娜吹噓道。

我正要開口對蒂娜說，沒有人關心她曾祖父的無聊故事時，她繼續說道：「他還告訴我糾纏在這齣戲上的詛咒！」

那句話讓大家都閉上了嘴巴。包括我。

甚至連渥克老師都豎耳聆聽。

這句英文怎麼說

那句話讓大家都閉上了嘴巴。
That shut everyone up.

柴克用手肘頂了頂我，眼睛興奮得瞪大著。「詛咒？」他開心的低聲說道：「好酷喔！」

我點點頭。「是很酷！」我低聲咕噥。

「我的曾祖父曾經告訴我一個關於這齣戲的故事，一個非常恐怖的故事。」蒂娜接著往下說：「他還告訴我學校裡有個幽靈，一個眞正的幽靈，他——」

「蒂娜！」渥克老師打斷她，同時走到舞台前方，雙眼銳利的盯著蒂娜。「我想，妳今天不應該說這個故事。」

「啊？爲什麼？」我喊道。

「是呀，爲什麼不能講？」柴克也附和。

「我不認爲現在讓大家聽一個可能是造假的恐怖故事是適當的，」渥克老師嚴厲的說：「今天我要發下劇本，然後——」

「妳知道這個故事嗎？」蒂娜問道。

「是，我是聽說過。」渥克老師對她說：「但我希望妳不要到處張揚，蒂娜。這是個非常可怕的故事，非常令人不安。我眞的不認爲——」

「告訴我們！說嘛！說嘛！說嘛！」柴克開始像唸經一樣的不住叨唸。

我們立刻全體跟進，嘻皮笑臉的對著老師大聲喊道：「說嘛！說嘛！說嘛！」

渥克老師爲什麼不想讓我們知道這個故事呢？我納悶著。

它能有多恐怖啊？

這句英文怎麼說

你不可能嚇倒我們的！
You can't scare us!

3.

「說嘛！說嘛！說嘛！」大家不斷的喊道。

渥克老師舉起雙手，示意要我們安靜。但這只使得我們變本加厲，應和著喊聲的節奏跺起腳來。

「說嘛！說嘛！說嘛！」

「好吧！」她終於開口說道：「好吧，我會告訴你們這個故事。但是，記住，這不過是個故事。我不希望你們太受驚嚇。」

「妳不可能嚇倒我們的！」柴克喊道。

大家都笑了起來，但是我卻凝神注視著渥克老師。我看的出來，她眞的不希望我們知道這個故事。

渥克老師總是說，我們可以跟她討論任何事情。我開始納悶她爲什麼不希望我們談論那個幽靈。

「故事發生在七十二年前，」渥克老師開始說了：「伍茲米爾中學就是在那一年創立的。我猜蒂娜的曾祖父就是那時候的學生。」

「沒錯。」蒂娜說道：「他是這所學校第一屆的學生。他告訴我那時候整間學校只有二十五個孩子。」

渥克老師纖瘦的手臂交抱在黃色毛衣的前胸，繼續說她的故事：「當時的學生想要演一齣話劇，其中一個男孩跑到伍茲米爾老圖書館的地下室搜尋，在那兒找到了一份劇本，劇名是《劇場魅影》。

「那是一齣很可怕的戲，說的是一個女孩被某個神祕幽靈擄走的故事。那男孩把劇本拿給老師看，老師覺得演出這齣戲應該會很有趣，加上他們精心製作的嚇人特效，一定會是一次很棒的演出。」

柴克和我興奮的對望了一眼。這齣戲有特效！我們最愛特效了！

「後來《劇場魅影》開始排練了，」渥克老師繼續說道：「那個在圖書館發

這句英文怎麼說

當時的學生想要演一齣話劇。
The students wanted to put on a play.

現劇本的男孩當上主角，獲得了幽靈的角色。」

所有人都轉頭去看柴克。他驕傲的笑著，好像那跟他有什麼關係似的。

「他們每天放學後都留下來排練，」渥克老師繼續說道：「大家都非常樂在其中，每個人都卯足了勁想演出一場好戲。一切都進行得十分順利，直到……直到……」

她遲疑著不再往下說。

「說嘛！」我大聲喊道。

「說嘛！說嘛！說嘛！」幾個孩子又鼓譟了起來。

「我要你們大家記住，這只是個故事。」渥克老師再度重申：「沒有任何證據證明這件事真的發生過。」

我們全都點了點頭。

渥克老師清清喉嚨，繼續說道：「公演當天晚上，孩子們都換上了戲服，家長和親友塞滿了整座禮堂。就是這間禮堂。孩子們都既興奮又緊張。

「指導老師召集所有的孩子，要給他們打氣一番。戲馬上要開演了，但是出乎大家意料的是，飾演幽靈的那個男孩卻不見人影。」

渥克老師一邊說著故事，一邊開始在台上來回踱步。「他們喊著他的名字，找遍了整個後台，卻始終無法找到當晚的主角，那個幽靈。

「他們分頭搜索，每個角落都尋遍了，還是沒找到他。那男孩消失了。

「他們整整找了一個小時，」渥克老師繼續往下說：「每個人都不安極了、害怕極了，尤其是那個男孩的父母。

「最後，老師走上舞台，正要宣布演出取消。但是她還沒來得及開口，一聲突如其來的可怕慘叫響遍了整座禮堂。」

渥克老師停下腳步。「那是一聲嚇人的尖叫，據說那聽起來像是野獸的嘶號。老師朝著叫聲的方向跑去，她呼喊著那個男孩，但是現在那兒卻沒聲息了，只有一片寂靜。沉重的寂靜。

「大家又把整個學校搜索了一遍，但是仍然沒有找到那個男孩。」

渥克老師用力嚥著口水。

我們全都一片靜默。甚至沒有人在呼吸！

這句英文怎麼說

老師朝著叫聲的方向跑去。
The teacher ran toward the sound.

「再也沒有人見過他，」她又說了一次。「我猜你們可以說那個男孩變成了一個眞正的幽靈，他就這麼消失了，而這齣戲從此就再也沒有上演過。」

她在台上站定，朝下凝視著我們，眼光從一個座位移到另一個座位。

「眞是奇了。」我身後有人低聲說道。

「你想這會是眞的嗎？」我聽見一個男孩小聲的說。

就在此時，在我背後，柯瑞．史克拉倒抽了一口氣。

「噢，不！」他指著禮堂的側門，喊道：「他在那兒！那個幽靈在那兒！」

我和大家同時轉過頭來，看見那幽靈駭人的臉孔，正在門口對著我們齜牙咧嘴……

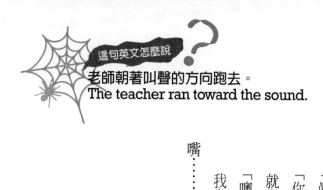

4.

柯瑞·史克拉放聲尖叫。

許多孩子跟著尖叫起來，我猜就連蒂娜也叫了。

那幽靈的臉孔扭曲成一種醜陋的獰笑，鮮紅色的頭髮倒豎在頭上，一隻眼珠從眼眶中鼓了出來，一道深深的疤痕劃過半邊的臉孔，上頭還覆滿了黑色的縫線痕跡。

「嚇！」那幽靈吼叫著，跳到走道上。

又是一陣尖叫。

我只是笑了笑。我知道那是柴克。

我以前就看他戴過這副愚蠢的面具，他把它藏在置物櫃裡，以備不時之需。

這句英文怎麼說

柴克一屁股坐回我旁邊的座位。
Zeke dropped back into the seat next to me.

「柴克，別鬧了！」我喊道。

他抓住面具的頭髮，將面具一把扯了下來，露出底下紅通通的臉龐。柴克朝大家咧嘴而笑，他知道自己要弄了一次成功的惡作劇。孩子們現在都笑了起來。有人朝柴克扔了一個空牛奶盒，另一個孩子在他走回座位時試圖絆倒他。

「非常有趣，柴克，」渥克老師翻翻白眼，說道：「我希望從此不要再有幽靈造訪了。」

柴克一屁股坐回我旁邊的座位。

「你爲什麼要這樣嚇唬大家？」我低聲說道。

「我高興嘛！」柴克朝我露齒一笑。

「那麼，我們會是第一批演出這齣戲的學生囉？」柯瑞問渥克老師。

老師點點頭。「是的，沒錯。七十二年前，那個孩子消失後，學校決定銷毀所有的劇本和道具。但是有份劇本卻留存了下來，這些年來一直鎖在庫房裡。而現在，我們要破天荒頭一遭演出這齣《劇場魅影》了！」

同學們開始熱烈的談論著，渥克老師好一會兒才讓大家安靜下來。

「現在聽好，」她把雙手叉在鉛筆般纖細的腰肢上，說道：「這只是個故事，是個古老的校園傳說。我敢打賭，就連蒂娜的曾祖父也會告訴你們這不是眞的。我說這個故事，只是爲了要讓你們進入恐怖的情境。」

「但是那個詛咒呢？」我對她喊道：「蒂娜說這齣戲被詛咒了！」

「是呀，」蒂娜也喊道：「我曾祖父告訴我這齣戲受到了詛咒。那個幽靈不要任何人飾演他。曾祖父說，那個幽靈現在仍然待在這間學校裡，他已經在這裡徘徊七十多年了！但是從來沒有人見過他。」

「帥呆了！」柴克眼睛一亮，喊道。

幾個孩子笑了起來，另外幾個孩子看起來有些不安、有些害怕。

「我告訴過你們了，這不過是個故事，」渥克老師說道：「現在，讓我們開始辦正經事，好嗎？誰來幫我發劇本？我給你們每個人影印了一份，我要你們把劇本帶回家，開始背自己的台詞。」

柴克和我不約而同的跑上台，幾乎撞在一塊兒。渥克老師給了我們一人一疊劇本，我們爬下舞台，開始發給大家。當我來到柯瑞面前，他把手縮了回去。

這句英文怎麼說

讓我們開始辦正經事。
Let's get down to business.

「要……要是眞的有詛咒怎麼辦？」他朝台上的渥克老師喊道。

「柯瑞，拜託，」她堅決的說道：「不要再提幽靈和詛咒的事了，好嗎？我們有好多工作要做，而且……」

她沒有把話說完。

而是尖叫了起來。

我扭過頭望向舞台，一秒鐘前渥克老師還站在那兒。

她不見了。

人間蒸發了。

5.

我手中的劇本散落了一地。

我轉過身，往舞台衝去。我聽見同學們紛紛驚聲呼喊。

「她就這麼消失了！」我聽見柯瑞喊道。

「怎麼可能！」一個女孩尖聲說道。

柴克和我同時爬上了舞台。「渥克老師——妳在哪兒？」我喊道：「渥克老師？」

一片寂靜。

「渥克老師？妳聽得見我嗎？」柴克喊道。

這時我們聽見渥克老師微弱的呼救聲。「我在下面！」她喊道。

這句英文怎麼說

我轉過身，往舞台衝去。
I turned and made a dash for the stage.

「下面哪裡？」柴克喊道。

「下面這兒！」

在舞台底下？她的聲音似乎的確是從那兒傳來的。

「幫我爬上去！」渥克老師又喊道。

這究竟是怎麼回事？我納悶著。

爲什麼我們聽得見她的聲音，卻看不見她的人？

我是頭一個發現舞台上有個正方形大坑的人。柴克和其他同學聚攏過來，我走到坑洞邊緣，朝底下凝望。

渥克老師往上望著我。她站在舞台底下大約五、六呎深的一個正方形小平台上。

「你們得把這個平台升起來。」她說。

「要怎麼樣才能把它升上來？」柴克問道。

「舞台那兒有根木樁，把它往下壓。」渥克老師指示我們，同時指著暗門右邊的一根小木樁。

「找到了！」柴克喊道。他壓下木樁，我們聽見一陣匡啷聲，然後是一陣嘰嘎聲，接著又是一陣嘎啦聲。

平台緩緩的升了起來。渥克老師步下平台，朝著我們露齒一笑，拍拍她藍色長褲的後半邊。「我忘了這兒有道暗門，」她說道：「我險些摔斷腿或什麼的，但是我想我沒事了。」

我們全都朝著暗門聚攏過來。柴克趴到地上，往暗門裡頭凝視。

「我忘了提這齣戲最精采的一部分了，」渥克老師對我們說：「這道暗門是爲了《劇場魅影》首次公演製作的。它已經完全被遺忘了，從來沒有在任何學生話劇中派上用場——直到現在！」

我不由得張大了嘴巴。一道暗門！棒呆了！

渥克老師彎下腰，把柴克從洞口拉了起來。「當心點，你可能會摔下去，」她說：「我先前把這平台放了下去，我忘了它還在下面。」

柴克站起身來。我看得出來，他對這道暗門眞的很感興趣。

「《劇場魅影》第一次預演時，」渥克老師對我們說：「學校製作了這道活

這句英文怎麼說

渥克老師大聲的清了清喉嚨。
Ms. Walker cleared her throat loudly.

動門，好讓幽靈能從地底下冒出來，或是消失。在那個時候，這算是非常酷炫的特效了。」

我的眼睛瞄向柴克，他似乎興奮得快要炸開了。「我是這齣戲裡唯一會用到這道門的人嗎？」他熱切的問：「我現在可以試試看嗎？拜託？」

「還不行，柴克，」渥克老師堅決的回答：「爲了安全考量，我還得找人檢查、檢查。直到檢查妥當之前，我不准任何人玩弄這道暗門。」

柴克早就又趴了下去，檢視著那道門。

渥克老師大聲的清了清喉嚨。「我這樣說夠清楚了嗎？柴克？」她問道。

柴克抬頭一瞥，嘆了口氣。「夠清楚了，渥克老師。」他低聲咕噥。

「很好，」渥克老師說道：「現在大家回到座位上，我要你們在回家前先把劇本唸過一遍，這只是要讓你們對故事和人物有個概念。」

我們都回到座位上。柴克的表情引起了我的注意，我以前也見過他的臉上出現這種表情，他的額頭皺了起來，左邊的眉毛往上挑。

我看的出來，他正陷入沉思。

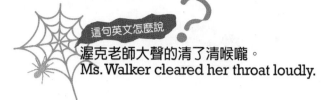

我們花了一個多小時才唸完整部劇本。《劇場魅影》眞的是齣很恐怖的戲！

故事是說，有個名叫卡洛的人擁有一間非常老舊的劇院，專門上演戲劇和音樂會。卡洛覺得他的劇院裡有鬼！

事實是，果眞有個幽靈住在劇院的地下室。這個幽靈臉上滿是傷疤，活像妖怪般醜陋，因此他始終戴著面具。但是，卡洛的女兒艾絲莫瑞妲卻愛上了這個幽靈，並打算要和他私奔，但這件事卻被她英俊的男友艾瑞克發現了。

艾瑞克深愛著艾絲莫瑞妲，他追蹤那個幽靈，找到幽靈位於劇院地底深處陰暗通道中的祕密巢穴。他們激鬥了一番，最後艾瑞克殺死了幽靈。

艾絲莫瑞妲傷心欲絕，飄然遠去，從此再也沒有人見過她。而那幽靈卻變成了鬼魂存活了下來，在劇院中流連不去。

相當戲劇化，是不是？

我想每個人都樂在其中，讀得很開心。我們可以預期，演出這齣戲一定非常有趣。

當我讀著艾絲莫瑞妲的台詞，我試著想像在舞台上穿著戲服說出這些台詞的

這句英文怎麼說

我感覺有一隻手拉住我。
I felt a hand pull me back.

情景。有一回我往後一瞥，看見蒂娜也在默默的讀著我的台詞。

當她發現我在看她時，立刻停了下來，朝著我皺了皺眉，就像她平時那樣。蒂娜是在嫉妒我，我告訴自己。她眞的很想扮演艾絲莫瑞妲。有那麼一瞬間，我爲蒂娜感到難過。我並不十分喜歡蒂娜，但我也不希望她因爲我搶了她想演的角色而討厭我。

但是我並沒有太多時間想蒂娜的事，我有好多台詞要背。艾絲莫瑞妲在這齣戲裡戲份很重，這眞的是個很吃重的角色。

當我們終於讀完整齣劇本，大夥兒都拍手叫好。

「很好，大家回家去吧，」渥克老師吩咐我們，揮手要我們離開。「開始背你們的台詞，我們明天再繼續排練。」

當我正要跟著其他同學出去時，我感覺有一隻手拉住我。我轉過頭來，發現柴克躲在一根大水泥柱後面拉著我。

「柴克——你在幹嘛呀？」我質問他。

他舉起食指放到嘴唇上。「噓——」他的眼睛興奮得閃閃發光。「等他們全都走了再說。」他悄悄的說。

我從柱子後面往外偷看。渥克老師正在把燈光調暗，接著她收起文件，走出了禮堂大門。

「我們躲在這兒要做什麼？」我不耐煩的低聲說道。

柴克朝我咧嘴一笑。「我們來試試那道暗門。」他也低聲回答。

「啊？」

「我們試試看嘛，快點。趁著沒有人的時候。」

我迅速環顧整個禮堂。漆黑一片，而且空無一人。

「來嘛，別這麼膽小，」柴克拽著我朝舞台走去，慫恿著說：「我們試試看，好不好？能發生什麼事呢？」

我猶疑不定，轉向舞台。「好吧。」我說。

柴克說的沒錯。能出什麼事呢？

這句英文怎麼說

有時候我會連打十三、十四個噴嚏。
Sometimes I sneeze thirteen or fourteen times in a row.

柴克和我爬上舞台，那兒比先前暗了許多，也冷了一些。

我們的球鞋砰砰有聲的踏過地板，每個聲響似乎都在整個禮堂中迴盪。

「那道暗門太酷了！」柴克讚嘆道：「可惜妳在戲裡不能用它。」

我開玩笑的推了他一把，正要開口回答，我突然覺得我的連環噴嚏就要發作了。

一定是禮堂中積滿灰塵的簾幕引發了我的過敏。

我有創世紀以來最嚴重的過敏——我幾乎對所有東西都過敏。隨便舉些例子好了：灰塵、花粉、貓、狗……甚至某些毛衣都會讓我過敏。

當我的過敏發作時，有時候我會連打十三、十四個噴嚏。最高紀錄是十七個。

柴克喜歡數我打了幾個噴嚏，還自以爲很有趣。他會拍著地板，喊道：「七！八！九！」

哈——哈。在連打了十個噴嚏之後，我可沒心情開玩笑。我通常會變成一個戴著霧濛濛眼鏡的可悲鼻涕蟲。

我們躡手躡腳的走向那道暗門。「妳到那兒的地板上找找，」柴克小聲的說道：「找到那個操控暗門的木樁。」

當我在黑暗中尋找那個機關時，柴克已經站在暗門上了。我竭盡全力試圖憋住噴嚏，但是那並不容易。

這時，舞台地板上的一根小木樁吸引了我的目光。「嘿——我找到了！」我開心的喊著。

柴克緊張的環視著禮堂。「噓——會被人聽見的！」

「對不起。」我耳語道。然後我知道我再也憋不住了。我的眼睛狂冒淚水，我非打噴嚏不可了。

我從口袋裡抓出一把衛生紙，整團捂到鼻子上。接著我就打起了噴嚏，我試

這句英文怎麼說

我試著儘量壓低音量。
I tried to keep them as silent as possible.

著儘量壓低音量。

「四！五！」柴克數著。

幸好這次沒有破紀錄，我只打了七個噴嚏。我擤了擤鼻涕，把髒衛生紙塞進口袋。是很噁心啦，但是我沒別的地方可以扔了。

「好了，柴克，我們走吧！」我喊道。

我踩下那根木樁，跳上暗門，縮在柴克身邊。

我們聽見一陣匡啷聲，接著是一陣轆轆聲，然後又是一陣嘎嘎聲。

地板上那個方塊開始往下沉。

柴克抓住我的手臂。「嘿——這玩意兒搖得挺厲害的哩！」他喊道。

「你不會是怕了吧？」我詰問他。

「怎麼可能！」他堅定的說。

匡啷聲越來越響了。那正方形的平台在我們的腳下搖晃，我們不斷往下沉，下沉，下沉——直到舞台從視線中消失，我們被包圍在一片黑暗之中。

我以為平台會在舞台的正下方停住，也就是渥克老師剛才所在的地方。

但是，出乎意料的是，那平台卻繼續往下沉。

而且它越往下降，速度越來越快。

「嘿——怎麼回事？」柴克緊緊抓著我的手臂，喊道。

「這玩意兒要下降到多深的地方呀？」我納悶的問。

「噢！」當平台終於「砰」的一聲降落到底時，我和柴克都叫出聲來。

我們一起被拋到了地板上。

我很快的倉皇爬起。「你沒事吧？」

「沒事，我猜。」柴克的聲音明顯透著恐懼。

我們似乎置身於一個黑暗狹長的地道中。

漆黑一片，而且寂靜無聲。

我不願意承認自己害怕，但真的很接近臨界點了。

突然間，一個低沉刺耳的聲音劃破了寂靜。

我感到一股恐懼卡住喉頭。那究竟是什麼聲音？

那聲音輕緩而穩定的持續著。

這句英文怎麼說

這玩意兒要下降到多深的地方呀？
How far down does this thing go?

就像呼吸聲。

我的心臟在胸腔裡怦怦直跳。沒錯，是呼吸聲。是某種奇異生物粗嘎的呼吸聲。聲音跟我如此靠近。

就在我的身邊。

是柴克！

「柴克——你幹嘛那樣呼吸呀？」我質問道，感覺心跳慢慢恢復了正常。

「哪樣呼吸呀？」他耳語道。

「噢，沒事啦。」我低聲咕噥。

他會這樣呼吸是因爲他很害怕。我們兩個都很害怕，但是我們是絕對不可能跟對方承認的。

我們同時抬頭看著禮堂的天花板。現在它只是遠處一方小小的亮光，似乎距離我們的頭頂有好幾哩遠。

柴克轉向我。「妳覺得我們現在在什麼地方？」

「我們是在舞台底下大約一英哩的地方。」我回答，感到一陣冷顫。

「可不是嗎，福爾摩斯。」柴克沒好氣的回答。

「如果你這麼聰明，那你告訴我呀！」我向他挑釁。

「我認爲這裡不是地下室，」他若有所思的說：「我想我們是在比地下室更底下的地方。」

「這裡像是個大地道什麼的，」我說道，努力讓自己的聲音不要發顫。「想要探險嗎？」

柴克良久沒有回答。「這裡太暗了，還是別亂走的好。」他終於回答了。

我並不是眞的想探險，我只是假裝勇敢。通常，我喜歡來點驚悚的感覺，但是即使對我來說，身處這麼深的地底還是太驚悚了些。

「我們下回帶了手電筒再來。」柴克輕聲說道。

「是喔，帶手電筒。」我重複他的話。我可不打算再回來了！

我神經質的玩弄著手腕上的棉質髮圈，凝視著黑暗。似乎有什麼東西讓我不安，某種無以名狀的東西。

「柴克，」我憂心的說：「這道暗門爲什麼會降到這麼深的地方？」

這句英文怎麼說

我往他的手臂搥了一下。
I punched him in the arm.

「我也不知道。或許這樣一來那個幽靈在禮堂作祟之後，可以快點回到家！」柴克打趣道。

我往他的手臂搥了一下。「別拿幽靈開玩笑，好嗎？」我對自己說，如果眞的有幽靈，這兒一定就是他住的地方了。

「我們出去吧！」柴克說道，一邊抬頭凝望著距離我們頭頂老遠的那方亮光。「我快來不及回家吃飯了。」

「是喔，可不是，」我雙臂交叉，橫在胸前，回答道：「只有一個問題，萬事通先生。」

「什麼問題？」柴克心虛的問我。

「我們要怎麼上去？」

我們兩個苦思著這個問題，想了好一會兒。

大約一分鐘後，我看見柴克趴倒在地，開始摸索著平台的木板。

「這裡一定會有操縱桿。」他說。

「不，操縱桿是在上頭。」我回答，遙指著舞台的地板。

「那麼這兒一定會有個開關、槓桿或按鈕什麼的！」柴克喊道，他的聲音變得又高又尖。

「在哪兒？在哪兒呀？」我的聲音聽起來跟他的一樣尖銳、一樣害怕。

我們兩個都在黑暗中摸索了起來，想要找到一個可以拉動的東西，或是可以按下、可以轉動的開關——某個能夠讓平台再度升起、把我們帶回地面的東西。

但是經過幾分鐘徒勞無功的搜索後，我放棄了。

「我們被困在這兒了，柴克，」我喃喃說道：「我們出不去了。」

這句英文怎麼說

柴克勉強笑了一下。
Zeke forced a laugh.

7.

「這都怪你。」我低聲嘀咕。

我不知道我爲什麼會這樣說。我想我是太害怕了，不知道自己在說什麼。

柴克勉強笑了一下。「嘿，我很喜歡這兒！」他吹噓道：「我還想在這下面逗留一陣子呢，妳知道，去探險一番。」他想要假裝勇敢，但他發出來的聲音卻微弱而發顫。

他騙不了我的。門兒都沒有。

「你怎麼可以害我們困在這底下？」我喊道。

「妳自己也想下來的！」他反駁道。

「我才沒有！」我尖聲叫道：「渥克老師告訴我們這玩意兒不安全！而現在

我們得在這裡待上一整夜！說不定是一輩子！」

「除非我們被老鼠吃掉！」柴克打趣道。

「我對你的愚蠢玩笑厭倦透了！」我喊道。我完全失控了，用雙手重重推了他一把。他四腳朝天，摔到平台外面。

這裡非常陰暗，有一瞬間我根本看不見他。

「噢！」當他回推我一把時，我叫了出來。

我更用力的回敬他。

接著他更加用力的猛推我。

我踉踉蹌蹌的往後跌——跌倒在某種開關上。我的背撞上了那個開關。

匡啷一聲大響，嚇得我的心臟幾乎跳出來。

「布魯克——趕緊跳上來！快！」柴克尖叫道。

就在平台開始移動時，我及時跳了回去。

上升，上升，那平台緩慢但穩定的往上升。

隨著我們慢慢升回舞台，我們頭頂那一方亮光逐漸變大、變亮。

這句英文怎麼說

我等著他伸下手來拉我。
I waited for him to reach down for me.

「嘿！」平台突然一晃，停了下來，我不由得喊出聲來。

「做得好，小布嚕！」柴克拍拍我的背，開心的喊。

「別高興得太早。」我對他說。我們還沒回到舞台。那平台在大約距離地面五呎的地方停住了——也就是渥克老師摔下的地方。

我想要讓平台升到地面的唯一方法，就是壓下舞台上的那根木樁。

「抬我一把，讓我爬上去。」柴克急切的說。

我握起雙手，他的球鞋踩了上去。

「等等！」他喊道，然後又跳了下來。「哇！要是那個幽靈在上面等著我們怎麼辦！也許應該讓妳先上去！」

「哈——哈，非常有趣，」我翻翻白眼，說道：「待會兒提醒我要笑。」

「好吧，好吧，我先上去就是了。」他喃喃說道。

他的腳踏上我握緊的雙手，伸手搆到舞台的地板，然後我向上一送。

我看著他七手八腳的爬上了舞台，消失在我的視線之外。

我等著他伸下手來拉我。

整整一分鐘過去了。

「柴克？」我的聲音細小而微弱。

我又等了一會兒，豎耳聆聽著。

我聽不見上頭有他的動靜。他在哪兒？

「柴克？你在哪兒？」我朝上面喊道：「快點，把平台升上去。要不然就伸手拉我上去。」我喊道：「我自己爬不上去。」

又一分鐘過去了。感覺起來像是一個小時。

突然間，我明白柴克打的是什麼鬼主意了。

這個大渾蛋！他還想嚇唬我！

「嘿！夠了！」我喊道。

我今天已經受夠柴克．馬修斯了。

「柴克！」我喊道：「鬧夠了吧！把我拉上去！」

終於，他的手從洞口的一側伸了下來。

「也該是時候了！」我氣憤的喊著。

這句英文怎麼說

「也該是時候了！」我氣憤的喊著。
"It's about time!" I shouted angrily.

我抓住他的雙手，讓他把我拉上舞台。

我把頭髮甩到後面，我的眼睛慢慢適應了較爲明亮的光線。

「你知道，你這樣做一點都不好玩！」我沒好氣的說：「竟然讓我在下面等，眞的是……」

我突然住嘴，用力嚥著口水。把我從活動門裡拉上來的並不是柴克。

一雙奇異陰沉的眼睛惡狠狠的瞪著我。

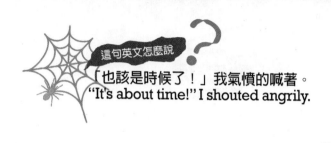

8.

我用力吞著口水，一個形貌奇特的矮小男人滿臉怒容的瞪著我，他穿著寬鬆的灰色長褲，以及一件鬆垮不合身的灰色運動衫，領口還裂了個口子。

他濃密的白髮凌亂不整，像一叢拖把似的覆蓋在額頭上，半邊臉上有道深紫色的疤痕，幾乎有柴克的怪物面具上那道疤那麼長。

我看得出來他有點年紀，但是身材卻很矮小，比小孩子高不了多少。他大概只比柴克高個一、兩吋。

而當他用那雙奇異的灰色眼睛斜睨著我時，臉孔扭曲成一副醜怪的怒容。

他看起來真像個幽靈！這個駭人的念頭閃過我的腦海。

「你……你是誰？」我結結巴巴的說。

這句英文怎麼說

他大概只比柴克高個一、兩吋。
He stood only an inch or two taller than Zeke.

「我是埃米爾，晚班的工友。」那個人厲聲說道。

「我的朋友柴克在哪兒？」我問他。我的聲音尖銳而害怕。

「布魯克，我在這裡。」柴克的聲音從我身後傳來。

我急急的轉過身，看見柴克站在暗門的另一側。他的雙手深深插進牛仔褲口袋裡，牙齒咬著下唇。

「柴克！」我喊道：「這是怎麼回事？爲什麼……」

「學校已經關閉了！」那個工友咆哮道。他的聲音很粗嘎，就像砂紙一般。「你們兩個在這兒做什麼？」

柴克和我互看了一眼。他上前一步。「我們……呃……我們留下來排練話劇。」他對那個人說。

「是呀，」我趕緊附和道：「我們排練到很晚。」

那個工友仍然懷疑的斜睨著我。「排練話劇？」他重複我們的話。「那麼其他的人呢？」

我一時之間答不上來。這個怪漢太嚇人了，我的雙腿都在發抖。

「我們本來已經走了，」我脫口而出：「但是我得回來拿我的夾克。」

我看見在埃米爾身後的柴克點了點頭，讚許我的謊話。

「你們怎麼知道這道暗門的？」那工友用他砂紙般的聲音質問道。

我遲疑著，心想：眞是奇怪，我怎麼從來沒在校園中見過他。

「是渥克老師告訴我們的。」柴克輕聲說道。我看得出來他跟我一樣害怕。

那個人朝我傾靠過來，斜眼看著我，半邊臉孔整個扭曲變形。「你們難道不知道這有多危險嗎？」他低聲說道。

接著他又更靠近了些，近得我可以感覺到他灼熱的氣息噴在我的臉上。他淺灰色的眸子凝視著我的眼睛。「你們難道不知道這有多危險嗎？」

那天晚上，柴克和我通了電話。「那個人不是在警告我們，」我對柴克說：「他是想嚇唬我們。」

「嗯，他可一點兒也沒嚇著我，」柴克吹牛道：「假如他讓妳覺得不安，我很難過，小布嚕。」

這句英文怎麼說

那天晚上，柴克和我通了電話。
Zeke and I talked on the phone that night.

哇，我心想。有時候柴克還眞會裝模作樣。

「如果你沒被嚇到，那回家時爲什麼你一路上都在發抖？」我質問道。

「我才沒有發抖，我只是在運動，」柴克打趣道：「妳知道的，鍛鍊鍛鍊小腿肌肉。」

「眞是夠了，」我哼了一聲。「爲什麼我們以前從沒見過那個工友？」

「因爲他其實並不是工友。他是……幽靈！」柴克用一種深沉的嚇人嗓音說道。

我並沒有笑。「正經一點，」我告訴他說：「這可不是開玩笑的。他眞的是想恐嚇我們。」

「希望妳晚上不會做惡夢，小布嚕。」柴克笑著回答。

我掛上電話。

星期二早晨，我和弟弟傑瑞米一起走路上學。我們一邊走，我一邊告訴他關於那齣話劇的事。

我對傑瑞米說了整個故事，除了關於那道暗門的部分。渥克老師說，在演出之前，我們最好將暗門的事保密。

「這齣戲眞的很可怕嗎？」傑瑞米問我。傑瑞米今年才七歲，只要你在他耳邊大喊一聲，他都會嚇個半死。

有一次我逼他跟我去看恐怖片《鬼哭神號》，結果一連三個禮拜，他每天晚上都尖叫著從惡夢中驚醒。

「嗯，滿可怕的，」我告訴他：「但不是《十三號星期五》那種恐怖。」

傑瑞米似乎鬆了一口氣。他眞的很厭惡恐怖的事物。每到萬聖節前夕，他都會躲在房間裡不肯出來！我絕對不會叫他看《十三號星期五》，因爲他可能到了五十歲都還在做惡夢！

「這齣戲有個意外的驚喜，」我接著說道：「一定會讓大家大吃一驚的。」

「什麼驚喜？」傑瑞米追問道。

我伸手揉亂他的頭髮。他的頭髮是栗子色的，跟我一樣。「假如我告訴你，」我做了個鬼臉，說道：「那就不叫驚喜了，不是嗎？」

這句英文怎麼說

你的口氣就跟媽一樣！
You sound just like Mom!

「妳的口氣就跟媽一樣！」傑瑞米喊道。

太侮辱人了！

我送他進了他的學校，然後橫過馬路，走進我的學校。當我走過走廊時，我想到我在這齣戲裡的角色。

艾絲莫瑞妲的台詞好多，我不知道自己能不能及時背好。

我又想到自己怯場的老毛病會不會復發。去年我演出《紅男綠女》時，怯場得好厲害，而那時我甚至連半句台詞也沒有！

我走進教室，一邊向幾個同學道早安，一邊走向我的課桌——接著我突然停住腳步。

「嘿！」一個我從來沒見過的男孩坐在我的座位上。

他長得滿好看的，有著深棕色的頭髮和一對明亮的綠眼睛，身上那件紅黑相間的寬大法蘭絨襯衫罩在寬鬆的黑色運動褲上。

他已經在我的座位上坐了下來，課本和筆記本攤開著，身子往後斜靠在我的椅子上，穿著黑色高筒球鞋的腳還翹在桌子上。

「你坐了我的位子。」我站在他面前說道。

他抬起頭來，用那雙綠色的眼睛看著我。「不，我沒有，」他若無其事的回答：「這是我的座位。」

這句英文怎麼說

我以為渥克老師是叫我坐這兒。
I think this is where Ms. Walker told me to sit.

9.

「你說什麼？」我低頭凝視著他，說道。

他臉紅了起來。「我以爲渥克老師是叫我坐這兒。」他緊張的東張西望。

我看見我的座位後面有個空位。「她或許是叫你坐在那兒。」我指了指那個位子，說道：「我這一整年都坐這裡，在柴克旁邊。」我指了指柴克的座位。他不在位子上。

他遲到了一如往常。

那個男孩的臉漲得更紅了。「對不起，」他羞怯的低聲說道：「我眞不喜歡當新來的。」他開始收拾書本。

「你是頭一天來這兒上學嗎？」我問道，並向他自我介紹。

「我叫布萊恩・柯爾森，」他站起身說道：「我家剛從印第安那州搬來伍茲米爾。」

我說我從來沒去過印第安那。這樣回答很老套，但我說的是實話。

「妳是布魯克・羅傑斯嗎？」他打量著我，問道：「我聽說妳要飾演女主角，在那齣話劇裡。」

「你怎麼連這個也知道？」我問他。

「有些孩子在巴士上聊到這件事。妳的演技一定很好，對不對？」他怯生生的問。

「大概吧。我也不知道。有時候我會怯場得很嚴重。」我對他說。

我不知道我爲什麼要跟他說這些。有時候我就是會喋喋不休的說個不停。我猜這就是爲什麼我爸媽會叫我「饒舌布魯克」。

布萊恩羞怯的笑了笑，接著嘆了一口氣。「我在印第安那的時候，學校每次公演我都參加。」他對我說：「但是我從來沒當過主角。我眞希望我能早點搬到這兒，那我就可以參加《劇場魅影》的選角了。」

這句英文怎麼說

有時候我會怯場得很嚴重。
Sometimes I get pretty bad stage fright.

我試著想像布萊恩在舞台上演戲的樣子，但卻想像不出來。在我看來，他似乎不像是會演戲的那一型，他似乎太害羞了，而且動不動就臉紅。

但我決定幫這個可憐的傢伙一個忙。「布萊恩，你今天下午何不跟我一起去排練？」我提議道：「或許你可以分派到一個小角色或什麼的。」

布萊恩高興萬分，彷彿我剛給了他一百萬。「妳是說眞的嗎？」他雙眼圓睜的問道。

「當然，」我回答道：「小事一樁。」

柴克偷偷摸摸的溜到座位上，眼睛盯著渥克老師的講桌。「我遲到了嗎？」他小聲的問道。

我搖搖頭。我正要介紹他和布萊恩認識，但是這時渥克老師走進教室，關上了門。上課時間到了。

布萊恩快步回到自己的座位。我正要坐下，卻發現我把自然科的筆記本忘在置物櫃裡了。

「我馬上回來。」我對渥克老師喊道。我匆匆的跑出教室，繞過轉角，來到我的置物櫃前。

「嘿！」出乎我意料的是，置物櫃的門居然半開著。

眞是怪了，我心想。我記得我把櫃子鎖上了。

我把櫃門完全拉開，正要伸手進去拿筆記本。

我驚呼一聲。

有人在裡頭——目不轉睛的瞪著我！

這句英文怎麼說

置物櫃的門居然半開著。
The locker door stood half open.

10.

他青面獠牙的醜陋臉孔朝著我獰笑。

我又驚呼了一聲，用手摀住嘴巴。接著我爆笑出來。

又是柴克和他那愚蠢的橡皮面具。

「噢，這回你嚇著我了，柴克！」我喃喃的說道。

這時我看見面具下方懸著一張摺著的紙條。是短箋嗎？

我將紙條扯下，揭了開來。上頭是用紅色蠟筆寫的潦草字句。

滾遠一點！

遠離我甜蜜的家！

「哈——哈，」我低聲咕噥：「很好，柴克。非常有趣。」

我抽出自然科筆記本，把櫃門「砰」的一聲關上，然後上鎖，接著快步跑回教室。

渥克老師站在講桌後面，她剛剛把布萊恩介紹給大家，現在她正在宣讀早晨的通告。我溜進柴克旁邊的座位。「你完全沒嚇著我。」我嘴硬的說道。

他從他的數學作業本上抬起頭來。柴克上課的第一件事，永遠是趕寫他的數學家庭作業。「啊？」他對我投以無辜的眼神。

「你的面具，」我耳語道：「並沒有嚇著我。」

「面具？什麼面具？」他回答道，同時用鉛筆上的橡皮擦敲敲我的手臂。

我把他推開。「別再裝傻了，」我不客氣的說：「還有，你的紙條並不有趣，你的本事不只這樣吧。」

「我沒有寫什麼紙條給妳，布魯克，」柴克不耐煩的回答道：「我不知道妳在說些什麼，眞的。」

「是喔，」我翻翻白眼，說道：「你對我櫃子裡的面具一無所知，也不知道

這句英文怎麼說

她剛剛把布萊恩介紹給大家。
She had just finished introducing Brian to Everyone.

那張紙條，是不是？」

「快閉上嘴，讓我寫完數學作業，」他低頭盯著課本，說道：「妳真是莫名其妙。」

「噢，是喔。那麼我猜是那個真正的幽靈幹的。」我說。

他不理會我。他正在作業本上潦草的畫著方程式。

真是個假仙的騙子！我心想。是柴克幹的，而且他心裡明白。一定是這樣。

放學後，我領著布萊恩來到禮堂。我幾乎得把他拖上舞台。他真的是太害羞了！

「渥克老師，還有任何角色的缺嗎？」我問道：「布萊恩真的很有興趣參加演出。」

渥克老師從她手中的劇本上抬起頭來。我看見她的劇本上密密麻麻的塗滿了記號。她打量著布萊恩。

「我很抱歉，布萊恩，」她搖了搖頭，說道：「你晚來了幾天。」

布萊恩臉紅了。我從來沒見過有人這麼容易臉紅的。

「已經沒有任何有台詞的角色了，」渥克老師告訴他：「全都分派出去了。」

「有任何人需要替身嗎？」布萊恩問道：「我背台詞背得很快，可以記住好幾個角色的台詞。」

哇，我心想。他真的很渴望參加演出。

「嗯，我們真的不需要候補演員了，」渥克老師告訴他：「不過，我有個主意。如果你願意，可以加入佈景團隊。」

「太棒了！」布萊恩興高采烈的歡呼道。

「到那兒找蒂娜去。」渥克老師對他說，並一邊指著聚集在舞台後牆旁邊的那群孩子。蒂娜忙著比手劃腳，指示大夥兒把佈景擺在哪兒。她誇張的揮舞著雙手，指揮每個人跟著她在台上轉來轉去。

布萊恩似乎真的很高興，我看著他小跑步去找蒂娜。

我在禮堂找了個位子坐下來，專心讀著我的劇本。我幾乎每場戲都要出場，

這句英文怎麼說

他真的很渴望參加演出。
He really is eager to be in the play.

我怎麼可能記得住所有的台詞啊？我嘆了口氣，癱倒在椅子裡，把腳翹在前排座位上。

正當我背誦著我在戲裡的第三句台詞「你有什麼證據，能夠證明這個人很危險」時，所有的燈光突然熄滅了。

一片漆黑！伸手不見五指。

孩子們叫喊了起來。「嘿！是誰把燈關掉了？」

「我什麼也看不見！」

「怎麼回事？快點把燈打開！」

當我聽見那聲尖嘯時，不由得坐直了起來。

那駭人的尖嘯，就像是野獸的號聲——劃破了黑暗，在禮堂中爆裂開來。

「不！不——！」我聽見柯瑞．史克拉呻吟了起來。

接著我聽見另一個人喊道：「那是從橫樑上傳來的！」

在同學驚恐的叫聲之上，又響起一聲尖銳的呼號。

「把燈打開！」我聽見柯瑞哀求道：「拜託——快開燈呀！」

又有幾個驚恐的聲音喊道：「是誰在尖叫呀？」

「來人呀——想想辦法！」

「橫樑上頭有人！」

禮堂的燈光又亮了起來。

舞台上方又傳來一聲長嘯，逼得我不得不抬起頭來。

這時我看見他了。一個戴著青綠色面具的怪物，還穿著閃亮的黑披風。

他抓著一根又粗又長的繩索，從高高的橫樑上盪了下來。

他一盪到舞台上，便仰起頭來，發出一陣駭人的獰笑。

我跳起來，詫異的注視著他。

是那個幽靈！

這句英文怎麼說

禮堂的燈光又亮了起來。
The auditorium lights flickered back on.

11.

那個幽靈雙足落地，鞋子重重踏在舞台的地板上，發出「砰」的一聲。

他放開繩索，那繩索從他身旁盪開。

他青綠色的臉孔快速環顧整個舞台，蒂娜和她的佈景組員緊靠著牆壁僵立著，在驚恐的靜默中瞪視著他。渥克老師似乎嚇呆了，她的雙臂緊緊環抱在胸前。

那個幽靈用單腳在舞台上跺了一下，披風在身邊迴旋了一圈。

我站在台下第二排座位旁往上望，發現他很矮小，身高和柴克差不多，也許要高上一、兩吋。

或者，也許他根本就跟柴克一樣高——因爲他就是柴克！

「柴克！嘿——柴克！」我喊道。

那張戴著面具的醜臉凝望著禮堂，接著那個幽靈開始下沉。他的雙腳消失了，接著是穿著深色長褲的雙腿。下沉、再下沉。

他踩了機關，搭著暗門下去了。

「柴克！」我喊道。我跑過走道，爬上舞台。「柴克——這一點也不好玩！」我大喊道。

但是那個幽靈已經消失在舞台底下了。

我跑到舞台的洞口旁邊，望著一片漆黑的洞裡。渥克老師滿臉怒容，走到我身邊。「那是柴克嗎？」她問我：「那真的是柴克嗎？」

「我……我不確定，」我結結巴巴的說：「我猜是吧。」

「柴克！」渥克老師朝著洞口往下喊：「柴克——是你在下面嗎？」

沒有回答。

平台降到了最底下，除了漆黑的深井之外，我什麼也看不見。

同學們聚集在洞口旁，興奮的彼此笑鬧，七嘴八舌的交談著。「那是柴克嗎？」我聽見柯瑞說道：「他又戴上那副愚蠢的面具了嗎？」

這句英文怎麼說

我聳聳肩，不知道怎麼回答。
I shrugged. I couldn't answer.

「他是打算搞砸我們今天的排練嗎？」渥克老師怒氣沖沖的質問道：「他是不是以爲我們每天下午都需要被嚇一次？」

我聳聳肩，不知道怎麼回答。

「或許那並不是柴克。」我聽見柯瑞說。他的聲音聽起來很害怕。

「一定是柴克。柴克——你在下面嗎？」渥克老師雙手拱在嘴邊喊道。接著她緩緩的轉身，雙眼掃視整個舞台，然後又掠過禮堂內的所有座位。「柴克．馬修斯？你聽得見嗎？」

沒有回答。沒有柴克的蹤影。

「他可是妳的好朋友，布魯克，」蒂娜不懷好意的說道：「妳不知道他在哪兒嗎？妳能不能告訴他，別再搗亂我們排戲了？」

我氣急敗壞的回了她一句，但是我太生氣了，連自己說什麼都不知道。

我是說，柴克是我的朋友沒錯，但這不表示我得爲他的所作所爲負責呀！

蒂娜只是想讓我難堪，順便贏取渥克老師的好感。

「好啦，佈景人員，」渥克老師指示道：「回去幹活吧。我會處理這件事的。

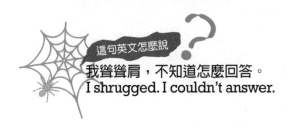

其他的人……」

她突然停住嘴。我們全都聽見了那響亮的匡啷聲。

接著在匡啷聲中，又升起一陣嘈雜的嘎啦聲。

「那道暗門……它升起來了！」我指著洞口喊道。

「很好，」渥克老師雙臂橫抱在胸前，說道。她瞇起眼睛，瞪著舞台地板上的洞口。「現在我要讓柴克知道，我們對他的小玩笑有什麼感覺。這會是他最後一次的小玩笑——假如我說的話還算數的話！」

哦，我心想。可憐的柴克。渥克老師眞的是一個很好的老師，也是一個大好人——除非你眞的惹毛了她。一旦你惹毛她，讓她發怒，讓她叉起雙臂、瞇起眼睛瞪著你——那你的麻煩可就大了。

因爲她凶起來可眞夠瞧的。

我知道柴克只是想找點樂子。他喜歡成爲注目的焦點，而且他喜歡嚇唬人，尤其喜歡嚇唬我。

我知道，這對他來說只是個無傷大雅的把戲。他想讓每個人都顯得像膽小

這句英文怎麼說

他喜歡成為注目的焦點。
He loved being the center of attention.

鬼，只有他不是。

柴克對這種把戲樂此不疲。

但是這回他擦槍走火了。這次他玩得太過火了。

現在渥克老師在等著他，雙臂交叉、目露凶光。

她會把他踢出這齣戲嗎？我納悶著。或者她只會對他大吼大叫，直到他的耳朵捲起來？

那吱嘎聲越來越響，舞台的地板在震動。

我們都聽見那平台停了下來——停在舞台底下五呎左右的老地方。

可憐的柴克，我心想。他一定滿臉無辜的站在那兒，渾然不知自己惹了多大的麻煩。

可憐的柴克。

我朝洞口往下望——不由得倒抽了一口氣。

12.

平台是空的。沒有人在上面。

柴克——或者不管他是誰——把空無一物的平台送了回來，人卻消失在學校地底下的黑暗通道中。

柴克不會這麼做的，我對自己說。即使是柴克，也不會瘋狂到獨自待在下面那片黑暗中。他沒有手電筒，也不知道底下究竟有些什麼。

他會嗎？

是的，他會的。我自問自答。如果柴克覺得這樣真的可以嚇壞我們的話，他什麼事都做得出來！

渥克老師取消了排練。她要佈景人員留下來油漆背景布幕，並叫其他的人先

這句英文怎麼說

話劇排練這麼早就結束了啊？
Is play rehearsal over so early?

回家去，各自背誦台詞。

「等我找到柴克，非得好好跟他談談不可。」她低聲嘀咕，然後轉過身來，快速步出禮堂。

我慢慢的走回家，一路上都在想著柴克的事。我想得太專心了，居然錯過了自己的家門！

在街道那頭，我看見柴克母親的紅色龐蒂克駛上他家的車道。我用手遮著眼睛，擋住午後的陽光，看見馬修斯太太下了車，接著又看見柴克出現在車子的另一邊。

「嘿！柴克！」我一邊踩過草坪向他奔去，一邊喊道：「柴克！」

他母親朝我揮了揮手，然後進了屋子。柴克看見我顯得有些驚訝。「話劇排練這麼早就結束了啊？」他問道。

「是呀，拜你之賜。」我嘀咕道。

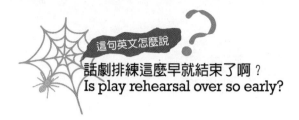

「什麼？」他又露出那種無辜的神情。「我又怎麼了？」

「你並沒有嚇到我，柴克，」我告訴他。「沒有半個人覺得有趣，而且你在渥克老師那兒可有大麻煩了。」

他瞇起眼睛，臉孔皺成一團，假裝聽不懂的樣子。「妳在胡說些什麼呀，布魯克？我怎麼可能惹上麻煩，我根本就不在那兒呀！」

「你在那裡待得夠久了。」我對他說。

他搖搖頭，雀斑的顏色似乎更深了，一頭金髮在風中翻飛。「不，我沒在那兒，」他平靜的說：「我告訴過渥克老師，我今天不能去。我早上就跟她說過我不能參加排練。」

「這樣你好戴上面具，穿上披風，從橫樑上飛下來嚇人？」我懷疑的質問他。

「不，我告訴她我跟牙醫約了要看診。」

我張口結舌的瞪著他，嘴巴張得老大。

「妳怎麼搞的呀，布魯克？」他問道：「我只是去檢查牙齒啊。」

「你……你真的不在學校？」我結結巴巴的問。

他搖搖頭。「絕對不在。」

「那麼那個幽靈會是誰呢？」我用細微的聲音問道。

這句英文怎麼說

你在那裡待得夠久了。
You were there long enough.

柴克臉上泛起奇異的微笑。

「是你！」我生氣的喊道：「你先假扮幽靈嚇人，然後才去看牙醫！是不是？柴克，是不是？」

他只是笑了笑，不肯回答。

第二天下午放學後，我跟布萊恩一起走到禮堂。他穿著簡單的白襯衫，上頭罩著黑色背心，還穿了一條褪色的牛仔褲，整個人挺好看的。

「你跟蒂娜處得如何？」我問道。

「還好，我猜，」布萊恩回答：「她是有點愛指使人，但是她讓我自己設計背景，不太干涉我。」

我向幾個正要回家的同學揮了揮手，接著我們轉過屋角。我看見柯瑞和蒂娜走進禮堂。

「柴克跟渥克老師把事情說清楚了嗎？」布萊恩說道：「今天早上我看見他在跟老師講話。」

「我猜是吧，」我回答：「她讓柴克繼續參加演出——暫時。」

「妳覺得昨天的惡作劇是柴克做的嗎？」布萊恩問道。

我點點頭。「是呀，我想是的。柴克最愛嚇人了，打從我們很小的時候他就是這樣。我想柴克是想嚇唬我們，讓我們以爲學校裡眞的有個幽靈。」我對布萊恩笑了笑。「但我可沒那麼容易被嚇著！」我說。

排練開始不久，渥克老師就叫我和柴克上台，她說她要帶我們在台上走一遍，告訴我們講某句台詞時要站在哪兒。她說這叫「走位」。

她還叫蒂娜·鮑爾和柴克的候補羅勃·赫納德茲也到台上來。渥克老師說他們也要知道所有的走位，以防萬一。

以防萬一？我心想。接著我想起蒂娜的警告：「要是妳公演當晚生病或怎麼了，我就會演出妳的角色。」

嗯，蒂娜，我不想讓妳失望，我對自己說，但是我打算保持最佳狀態，所以好好享受油漆佈景吧，那是妳上台的唯一機會。

這句英文怎麼說

那是你上台的唯一機會。
It's the only time you'll be onstage.

我知道，我知道，這樣說是有點惡毒，但是蒂娜她活該。

渥克老師先指導柴克該站在哪兒，我則和蒂娜站到舞台邊上，等著老師叫我們。

「我猜柴克已經和渥克老師把事情講清楚了，」蒂娜說道：「我今天早上聽見他告訴老師，他昨天去看牙醫了，所以那個從天花板上盪下來的人不可能是他。」

我正要叫蒂娜不要說話，這樣我才聽得見上場的訊號，但是來不及了，我已經聽見渥克老師在喊我的名字了。

「布魯克·羅傑斯！」她聽起來有些生氣。「妳們在那兒做什麼呀？妳該上場了！」

「眞是謝謝妳喲，蒂娜。」我壓低聲音說道，然後趕緊跑上台。我回頭一瞥，看見蒂娜正自顧自的笑著。

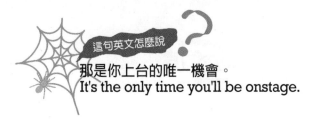

我眞不敢相信！蒂娜是故意讓我錯過上台的時機的！

在台上，我不知道自己該站在哪兒，甚至不知道我們現在正在排演劇本的第幾頁！

我的下一句台詞是什麼？

我記不得了。

慌亂中，我凝視著坐在台下的同學，他們全盯著我看，等著我開口。

我張開嘴巴，卻吐不出半個字。

「下一句台詞是『有人在下面嗎？』。」蒂娜在台下高聲喊道。

噢，我不開心的想著。蒂娜會無所不用其極的讓我出糗！她一心盼望渥克老師把我踢出這齣戲。

我覺得好生氣，腦子天旋地轉。我無法好好思考，只好重複那句台詞，然後深吸了一口氣，讓自己冷靜下來。

接下來該柴克講話了。他應該出現在台上，嚇唬艾絲莫瑞妲。

但是柴克不在台上，到處都不見他的人影！

我往禮堂四周望去，渥克老師站在舞台底下，雙手叉腰，一隻腳不耐煩的叩著堅硬的地板。

這句英文怎麼說

我早該猜到柴克想做什麼。
I should have guessed what Zeke was up to.

禮堂變得一片寂靜，只剩下鞋底輕叩地板的聲音。嗒、嗒、嗒、嗒、嗒。渥克老師似乎非常不高興。

「柴克在哪兒？」她不耐煩的問道：「他現在在做什麼？他是打算穿著幽靈戲服從天而降還是怎麼著？」

我早該猜到柴克想做什麼，但是直到我聽見那熟悉的噪音，我才恍然大悟。響亮的匡啷聲，接著是吱吱嘎嘎的聲音。

那道暗門的平台！它升上來了！

我嘆了一口氣。「柴克上來了。」我告訴渥克老師。

一秒鐘後，柴克戴著青綠色面具的腦袋出現了。

我退後幾步，看著他從地底升上來。那景象相當驚人，真的很有戲劇性。

他緩緩出現了，升上了舞台的地面。

他升到地面上後，有好一會兒只是站在那兒，凝視著整個禮堂，彷彿是在爲拍照擺姿勢似的。他穿著全套的戲服：面具、長及腳踝的黑色披風、黑襯衫和長褲。

眞是個愛現的傢伙！我心想。他眞的很喜歡讓所有的人盯著他看、覺得他很酷！

接著他邁開大步，快步走向我。他透過那張面具抬眼看著我。

我試著回想我接下來該說什麼。

但是在我來得及發出聲音前，他伸手抓住我兩邊肩膀，用力搖晃。太用力了。

放輕鬆點，柴克，我心想。這只是排演耶！

「滾遠一點！」他憤怒的低吼著。

我想起我的台詞了，我張開嘴巴，正要說話……

但是我卻突然愣住了。

我看見有個人在舞台邊朝著我揮手。

狂亂的揮手。

是柴克！

這句英文怎麼說

他透過那張面具抬眼看著我。
Through the mask, he raised his eyes to me.

13.

我知道事情不妙了。

如果柴克人在那兒，那麼這個搖晃著我的肩膀、透過醜怪的面具向我獰笑的人又是誰呢？

「救命！來人呀——救救我！」我大聲尖叫，努力要掙脫開來。

「不對，布魯克！」渥克老師向我喊道：「妳的台詞是：『救命呀！救救我，爸爸！』。」

她搞不清楚狀況。

難道她看不出來台上有個真正的幽靈想要把我搖個半死嗎？

突然間，那幽靈垂下他罩著面具的臉，在我的耳邊厲聲說道：「滾遠一點。

遠離我甜蜜的家！」

我凝視著他的眼睛。

這雙眼睛看起來有些熟悉。

他是誰？我知道我曾經見過他。

但是我還沒來得及想起來，他就猛的轉身，縱身跳下舞台，奔過長長的走道，披風在身後飄搖著。

我呆站在那兒，看著他消失在禮堂門外。

幾個孩子笑了起來。我聽見蒂娜低聲對什麼人說：「劇本上有這段嗎？」

柴克朝我跑了過來。「小布嚕，妳沒事吧？」

「我……我不知道。」我驚魂未定的回答。

「眞是怪事呀！」柴克喊道。

渥克老師踏著大步走過舞台，手上的速記板晃來晃去。她的表情很困惑。「有誰能告訴我剛才是怎麼回事嗎？」她問道。

「學校裡有個眞正的幽靈。」柴克輕聲說道。他若有所思的瞇著眼睛看我。

這句英文怎麼說

排練已經在幾分鐘前結束了。
Rehearsal had ended a few minutes before.

我們坐在禮堂前排的座位上。布萊恩正在摳他手背上一塊黑色的油漆污漬，我則坐在兩個男孩之間，仔細打量著柴克。

燈光調暗了下來，排練已經在幾分鐘前結束了。我可以聽見走廊裡有人在說話，渥克老師剛剛已經把門帶上了。

「妳幹嘛這樣看我呀？」柴克質問道。

「我還在想，這一切究竟是不是你搞的鬼。」我直接了當的說。

他翻翻白眼。「是呀，當然。」他低聲嘀咕道：「我怎麼能同時出現在兩個地方，布魯克？妳倒是回答我啊。這滿難做到的，即使是像我這麼聰明機伶的人！」

我笑了起來。「還是有可能。」我回答。

「我弄不掉這塊油漆，」布萊恩呻吟道：「你們瞧，連襯衫也沾到了。」

「那是水溶性的塗料嗎？」柴克問他。

「我怎麼知道？」布萊恩不高興的說。「我沒有讀罐子上的標籤。你會讀罐子上的標籤嗎？」

「柴克只讀穀片盒子上的標籤。」我打趣道。

「妳可不可以嚴肅一點？」柴克不耐煩的說：「我們學校裡有個眞正的幽靈，而且爲了某種原因，他想要搞砸我們的戲。」

我仍在研究柴克的表情，想要判斷他說的是不是實話。

「今天早上上課前，我看見你和安迪·謝爾茲在談些什麼，」我對柴克說：「也許你和他設計了這整個幽靈的把戲。你把戲服給了安迪，對不對？你告訴他如何進行。你和安迪設計了整件事情，是不是？」

柴克張口結舌。「什麼？我爲什麼要這麼做？」

「爲了嚇我呀，」我回答道：「爲了嚇唬每個人。你想讓我們以爲眞的有幽靈，然後就可以把我們嚇個半死，接著你就出來大笑著說：『上當啦！』我們就會覺得自己像白癡。」

柴克的臉上泛起一抹微笑。「可惜我沒想到這個點子，」他喃喃的說：「不過我是說眞的，布魯克。我知道妳不相信，但是我並沒有和安迪串通任何事情，也沒有——」

這句英文怎麼說

你的佈景幕漆得很好。
You're doing a good job on the backdrop.

這時候蒂娜從舞台上跳了下來。我猜她是在布幕後面油漆佈景。

「妳覺得好些了嗎，布魯克？」她冷冷的問。

我轉向她。「覺得好些？我很好呀。我不懂妳的意思。」

「妳在舞台上看起來好緊張，我想妳也許是生病了。」蒂娜不懷好意的回道：「妳會不會是感冒了？聽說有種重感冒正在流行。」

「我好得很。」我不客氣的回答。

「這油漆洗得掉嗎？」布萊恩問蒂娜。

蒂娜聳聳肩。「你問倒我了。試試松節油吧。」她朝布萊恩笑了笑。「你的佈景幕漆得很好，」接著她轉向我，臉上的笑容消褪了。「這齣戲裡總算還有人是稱職的。」

我還來不及反應，她已經轉過身，快步穿過走廊，走出了禮堂大門。

「她巴不得我感冒，」我對柴克說：「是不是很變態？」

他沒回答。他太專心想著幽靈的事了，我想他根本沒聽見我說話。

「你覺得所有這些可怕的事有沒有可能是蒂娜做的？」我問道：「只爲了把

我嚇走，好自己演出艾絲莫瑞妲？」

「這太瘋狂了。」柴克輕聲說道。

「是啊，我猜。」我同意。

布萊恩只是不斷試圖摳掉手上的黑油漆。

「我們回家吧，」我提議道：「天色不早了。或許我們可以以後再談幽靈的事。」我站了起來。

柴克抬起頭怒視著我。「妳還是不相信我，是不是？」他指摘道。「妳還是認爲這一切都只是我用來嚇唬你們的把戲。」

「或許是，或許不是。」我一邊回答，一邊跨過他，來到走道上。我眞的不知道該怎麼想。

布萊恩站了起來，跟著我走向大門。我回頭看著柴克，他仍然坐在位子上。

「你要來嗎？你要跟我們一起走嗎？」

柴克一言不發的站了起來。「嗯，我想是吧。」

當我們沿著走廊往置物櫃走去時，柴克突然停了下來。「噢，我差點忘了。」

這句英文怎麼說

有人把我的數學課本送過來嗎？
Did anyone turn in my math book?

他說道。

「忘了什麼？」我問他。已經接近晚飯時間了，我急著趕快回家。媽媽或許正在擔心我會不會被公車撞了呢。我不知道她爲什麼老是這麼想，我從來沒有聽說有人眞的被公車撞到！

「我的數學課本，」柴克說道：「我得去辦公室一趟。我前幾天把它忘在禮堂裡了，我得去看看有沒有人撿到。」

「我先回去了，再見。」布萊恩說著往走廊後方走去。

「你住在哪裡呀？」我朝他喊道。

他指了個方向。南邊，我想。「明天見！」他轉過身來，小跑步轉過屋角。

我跟著柴克來到李維先生的辦公室。所有的燈都還開著，但是辦公室的人都走光了，只剩下祕書桃特。她正在關電腦，準備回家。

「有人把我的數學課本送過來嗎？」柴克倚在櫃台上問她。

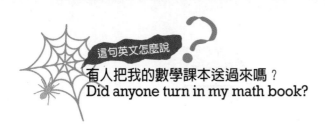

「數學課本？」她瞇起眼看著柴克，努力回想著。

「我前幾天把它忘在禮堂裡了，」柴克說道：「我想或許那個埃米爾會把它送到這兒來。」

桃特的表情轉爲困惑。「誰？誰是埃米爾？」

「妳知道的，」柴克回答道：「就是那個滿頭白髮、老老的矮個子。那個晚班的工友。」

桃特搖了搖頭。「你恐怕搞錯了吧，柴克。」她說道：「我們學校沒有叫埃米爾的員工呀。我們根本就沒有晚班的工友。」

這句英文怎麼說

我真的無法冷靜了。
I really lost my cool.

14.

那天晚上，蒂娜．鮑爾打電話到我家。「我只是想看看妳好不好，」她說道：「妳的臉色好蒼白，布魯克。」

「我不會感冒的！」我大聲嚷道。我眞的無法冷靜了，我沒辦法控制。

「我昨天聽見妳打了好幾個噴嚏。」蒂娜假裝關心的說。

「我一向很會打噴嚏。」我回答道：「再見，蒂娜。」

「今天下午跳上台的另一個幽靈到底是誰？」蒂娜搶在我掛斷電話之前問道。

「我不知道，」我說：「我眞的——」

「那眞的滿嚇人的，」蒂娜打斷我的話。「希望妳沒被嚇壞，布魯克。」

「明天見，蒂娜。」我冷冷的說。

在她來得及再說些什麼之前，我掛斷了電話。

蒂娜眞的成了個討厭鬼，我心想。

她究竟有多麼想演艾絲莫瑞妲呢？我發現自己在想這個問題。

她有多麼想要這個角色？足以讓她設計把我嚇跑嗎？

稍晚柴克也打電話來，想要說服我那個幽靈一定是埃米爾。「他對我們撒了謊，不是嗎？」柴克興奮的問。「他告訴我們他是學校的員工，還試圖恐嚇我們。一定是他。」

柴克篤定的說。

「嗯，或許吧。」我回答道，一邊轉著手腕上的髮圈。

「他的身材也相符，」柴克繼續說道：「而且他知道那道暗門。」柴克深吸了一口氣。「還有，他爲什麼會在那兒呢，小布嚕？他爲什麼會在夜裡出現在禮堂裡？」

「因爲他就是那個幽靈？」我反問道。

這句英文怎麼說

她究竟有多麼想演艾絲莫瑞妲呢？
How much does she want to play Esmerelda?

言之成理。

我答應明天提早到學校，跟柴克一起向渥克老師報告埃米爾的事。

那天晚上我夢見那齣戲。我穿著戲服站在舞台上，聚光燈全打在我身上，我瞪眼看著台下座無虛席的觀眾。

禮堂裡鴉雀無聲，每個人都在等著艾絲莫瑞妲開口說話。

我張開嘴巴——但卻發現我不記得該說些什麼。

我瞪眼看著台下那一張張臉孔。

我完全忘了。每一個字、每一句話。全都忘了。

那些台詞全都飛走了，像鳥兒離巢般飛走了。

我的鳥巢空了。我的腦海一片空白。

我驚恐的站在那兒，動彈不得，一句話也說不出來。

我滿身冷汗的醒來，渾身顫抖，肌肉全糾結在一起。我把被單踢到了地板上。

眞是個可怕的惡夢呀！

我迫不及待的穿好衣服，準備上學。我想要儘快忘掉這個可怕的惡夢。

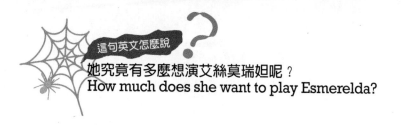

我得先送傑瑞米到學校，所以我到的時間比預期的要晚些。

傑瑞米一直問我那齣戲的事，他想要知道更多關於幽靈的事情。但是我眞的不想談這個。我不斷想起我的夢境，想起自己像個白癡般站在三百個人面前的恐怖情景。

我把傑瑞米送進學校，接著快步跑過馬路。我看見柴克站在大門邊上等我，他正焦急的看著手錶。

我不明白爲什麼他的手錶永遠不準確。那是一種電子錶，總共有十七種功能，柴克卻搞不清楚該如何設定時間。他能用它來打電玩，還能奏出一打不同的歌曲，但他就是不會用它來看時間。

「對不起，我來晚了。」我說。

他一把抓住我的手臂，拖著我衝進教室。他甚至不讓我到置物櫃拿課本，也不讓我先把外套脫掉。

我們大步走到渥克老師跟前，她正坐在書桌後面瀏覽著早晨的通告。她朝我們笑了笑，但是當她看見我們臉上嚴肅的表情時，她的笑容也跟著消褪了。

這句英文怎麼說

但他就是不會用它來看時間。
But he can't get it to tell the time.

「出了什麼事嗎？」渥克老師問道。

「我們能跟妳談談嗎？」柴克朝已經進入教室的同學瞄了一眼，低聲說道：「私下談談？」

渥克老師看了看牆上的時鐘。「能不能晚一點？再過兩分鐘上課鈴聲就要響了。」

「只要一分鐘就夠了。」柴克向老師保證道。

她跟著我們來到走廊，把背靠在磚牆上。「怎麼回事啊？」

「學校裡有個幽靈。」柴克屏住氣息對她說：「真正的幽靈。布魯克和我都親眼見過。」

「嘩！」渥克老師低聲喊道，同時舉起雙手要我們別再說下去。

「不！是真的！」我篤定的說：「我們真的見過他，渥克老師。在禮堂裡。我們那天偷溜進去，去試用那道暗門，後來——」

「你們什麼？」她喊道，一邊瞇起眼睛先瞪瞪我，接著又瞪了瞪柴克。

「我知道，我知道，」柴克漲紅著臉說：「我們不該這麼做，但這不是重點。」

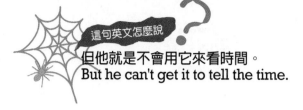

「那兒有個幽靈，」我說：「而且他想阻止我們上演這齣戲。」

「我知道妳認為這一切都是我搞的鬼，」柴克接著說：「但眞的不是我。是那個幽靈，他——」

渥克老師又舉起手來，開口想要說些什麼，但是這時鈴聲響了起來——就在我們的頭頂上。

我們都舉起手來摀住耳朵。

當鈴聲終於停止，渥克老師朝教室走了幾步。裡頭非常吵鬧，同學們都趁著老師不在時大肆喧嘩。

「我很抱歉說了那個故事，讓你們不安。」她對我們說。

「什麼？」柴克和我同時喊道。

「我不該告訴你們那個關於幽靈的老故事，」渥克老師焦躁的說：「它讓很多孩子都很不安。我很抱歉嚇著你們了。」

「但是妳並沒有嚇著我們呀！」柴克說，「我們看見那個傢伙，然後——」

「你們做過關於幽靈的惡夢嗎？」渥克老師問道。

這句英文怎麼說

我們都舉起手來摀住耳朵。

We raised our hands to protect our ears.

她不相信我們。我們說的話她一個字都不信。

「請聽我說……」我開口說道。

當教室裡傳來「砰」的一聲巨響時，我們三個人全都跳了起來。接著又傳來一陣狂笑聲。

「我們進去吧。」渥克老師說道。她指著柴克說：「不准再惡作劇了，好嗎？別再開玩笑了。我們都希望演出成功，對不對？」

在我們來得及回答之前，她已經轉過身去，匆匆的走進教室。

「我到這兒來幹什麼？」布萊恩抱怨道。他渾身發抖，抬頭看著陰暗的樹木。

「我爲什麼要這麼做？」

「你跟我們一起來，是因爲你是個好人。」我拍拍他毛衣的肩頭，對他說道。

「因爲我是個白癡！」布萊恩更正道。

這全是柴克的主意。晚飯後他到我家來，我告訴爸媽我們得到學校排練。那當然是謊話。

柴克和我步行到學校。我們在校門前的人行道上跟布萊恩會合，他答應要在那兒等我們。

「我眞不敢相信，渥克老師居然不相信我們。」柴克煩躁的說。

「換做是你，你會相信這樣荒誕的故事嗎？」我問道。

「總之，我們得找出那個幽靈，證明我們是對的。」柴克堅決的說。「我們現在別無選擇了。我是說，如果渥克老師不肯幫我們，我們就得自己找到那個幽靈。」

「你只是想來番刺激的冒險。」我取笑他。

他抬起眼睛看著我。「嗯，小布嚕，如果妳太害怕的話……」

「那我又是在這兒做什麼呢？」布萊恩又問了一遍，雙眼注視著黑暗的校舍。

「我們需要一切可能的助力！」我對他說，接著我推了柴克一把。「我們走吧。我會讓你瞧瞧到底是誰在害怕。」

「我想我有一點害怕，」布萊恩坦承。「萬一我們被抓到了怎麼辦？」

「誰會來抓我們？」柴克問他。

這句英文怎麼說

萬一我們被抓到了怎麼辦？
What if we get caught?

「你聽見桃特在辦公室說的話了，根本就沒有晚班工友。」

「但是要是有警鈴之類的東西呢？」布萊恩追問。「你知道，防盜警鈴。」

「可不是？」我翻翻白眼回答道：「我們學校窮得連削鉛筆器都買不起！怎麼可能會裝防盜警鈴。」

「嗯，我們得偷偷潛進去，」柴克眼睛望著街上，輕聲說道。一輛休旅車駛過，沒有減速。他拉了拉大門。「鎖得好緊。」

「或許可以試試側門？」布萊恩建議。

我們悄悄的繞到校舍側面。操場延伸出去，一片空曠寂靜。在明亮的弦月下，草皮閃著一片銀色的微光。

側門也鎖著。

通往樂隊訓練室的後門也鎖起來了。

我抬起頭看著屋頂。校舍像是某種幽暗的怪物般盤旋在我們的頭頂上，窗戶上映著銀白的月光，那是我們僅有的光源。

「嘿——那扇窗戶是開著的！」柴克低聲說道。

我們全速跑到一樓那間教室半開著的窗戶前。我看出那是家政教室，我們下午在那兒烤鬆餅。蘭斯頓老師或許是爲了讓鬆餅烤焦的可怕氣味消散，才讓窗戶開著。

柴克雙手搭上窗框，將自己撐了上去。接著他坐在窗台上，把窗戶推得更開些。

不一會兒，布萊恩和我都跟著他跳進了家政教室。烤焦的小紅莓鬆餅的氣味殘留在空氣中，我們躡手躡腳的穿過黑暗的教室，朝門口走去。

「噢！」我脫口喊道。我的大腿撞上了一張矮桌。

「別出聲！」柴克斥責道。

「嘿──我又不是故意的！」我生氣的低聲回嘴。

他已經走出門口了。布萊恩和我跟在後面，小心翼翼的慢慢走著。

走廊比教室還要暗。我們儘量貼著牆壁朝禮堂的方向走去。

我的心臟跳得好快，覺得全身發麻。我的鞋底摩擦著地板，發出刺耳的聲音。

沒什麼好怕的，我告訴自己。這裡不過是學校，是妳來過無數次的地方，而

這句英文怎麼說

我們躡手躡腳的穿過黑暗，朝門口走去。
We tiptoed through the darkness to the door.

且這兒也沒有別人。

就只有妳、柴克、布萊恩，還有一個幽靈。

一個不想被人找到的幽靈。

「我不喜歡這樣，」當我們轉過一個角落時，布萊恩低聲說道：「我眞的很害怕。」

「就假裝你是在演恐怖片，」我對他說：「假裝這只是一場電影。」

「可是我不喜歡恐怖片呀！」他抗議道。

「噓——」柴克要我們別出聲。他突然停下腳步，我撞在他身上。「別這麼笨手笨腳的，小布嚕。」他低聲說道。

「別這麼惹人厭，小柴。」我反唇相譏。

我瞇著眼睛凝視黑暗的前方。我們已經來到禮堂了。

柴克拉開最近的一道門。我們往裡頭瞧，一片漆黑。禮堂裡的空氣比外頭要涼些。又濕又涼。

那是因爲有個鬼魂住在裡頭，我心想。

這個念頭讓我的心臟跳得更厲害了。但願我能夠稍稍控制自己的想法。

柴克摸索著牆壁，扭亮我們左方座位區的一排電燈。舞台映入了眼簾，空盪盪、靜悄悄的。有人在牆邊留了一把梯子，梯子旁邊擺著幾個油漆罐。

「把所有的燈都打開好不好？」布萊恩提議道。他聽起來真的很害怕。

「不行，」柴克注視著舞台回答道：「我們要出其不意的找到那個幽靈，不是嗎？我們可不想先警告他我們來了。」

我們緊緊靠在一起，沿著中間那條走道緩緩的走向舞台。在幽暗的光線中，長長的黑影投射在座位上。

鬼魅般的黑影，我心想。

舞台那兒是不是有個黑影在晃動？

沒有。

快停止，布魯克。我斥責自己。

不要讓妳的想像力氾濫成災。至少今晚不要。

我們慢慢的往前走去，我不斷的瞻前顧後，察看著舞台和一排排的座位。

這句英文怎麼說

我不斷的瞻前顧後。
I kept moving my eyes back and forth.

他在哪兒？我納悶著。那個幽靈在哪裡？

他是住在舞台深處的黑暗密室嗎？

當我們聽見那個聲音時，我們距離舞台只有幾呎遠了。

是腳步聲嗎？地板的吱嘎聲？

我們三個人全都停下腳步。我們都聽見了。

我抓住柴克的手臂。我看見布萊恩的綠色眼睛害怕得瞠大著。

接著我們又聽見另一個聲音。是咳嗽聲。

「這兒……這兒還有別人！」我結結巴巴的說。

15.

「誰……是誰在那裡？」我喊道。但是我的聲音哽在喉嚨裡。

「有人在上頭嗎？」柴克朝著舞台上喊道。

沒有回答。

腳步聲又響了起來。

布萊恩向後退了一步。他抓住一張椅子的椅背，緊緊握著。

「他在後頭，」柴克緊靠著我，眼中閃著興奮的光芒，說道。「我知道他在後頭。」

「在哪兒？」我勉強擠出這幾個字。當你的心臟卡在喉嚨裡的時候，要說話是很困難的。

這句英文怎麼說

究竟是誰把它放下來的？
Who on earth is sending it down?

我朝上看著舞台，看不到半個人影。

當我又聽見咳嗽聲時，不禁跳了起來。

接著舞台上響起一陣嘎啦聲，響徹了整個禮堂。

起初我以爲是那道暗門要升起來了。

會有誰在上頭嗎？那個幽靈就要在我們眼前升起了嗎？

不。

當我看見佈景幕開始下降時，我忍不住驚聲尖叫。

嘎啦聲越來越響了。佈景幕逐漸下降到舞台後方。

「是誰幹的？」我低聲說道：「究竟是誰把它放下來的？」

柴克和布萊恩直瞪著前方，沒有回答。

柴克的嘴巴張得老大，眼睛眨也不眨。

布萊恩用兩隻手抓著椅背。

油彩繪製的佈景幕嘎啦嘎啦的降了下來，一邊下降一邊展開。

當我們看見佈景幕被搞成什麼樣子時，三個人全都倒抽了一口氣。

那上頭原本畫著劇院的灰色磚牆。布萊恩和其他幾個同學畫了好幾天，先是把磚塊描繪出來，然後再一塊一塊上色。

「誰——是誰把我畫的佈景弄成這樣？」布萊恩喊道。

柴克和我驚訝得說不出話來，只是瞪著那佈景。

那灰色的牆面上斑斑點點，佈滿了紅色油漆的污漬。

看起來就像是有人將一把大刷子浸在紅色油漆裡，然後在整面佈景幕上亂戳亂畫。

「全都毀了！」布萊恩尖聲喊道。

柴克是頭一個行動的人。他將手搭在舞台上，把自己撐了上去。布萊恩和我也跟著爬上了舞台。

「是誰在這兒？」柴克用手拱著嘴巴，喊道：「是誰在這裡？」

一片寂靜。

一定有人在這裡，我知道。有人故意放下佈景幕，好讓我們看見上頭被塗成什麼樣子。

這句英文怎麼說

柴克是頭一個行動的人。
Zeke was the first to move.

「是誰在這兒？你是誰？」柴克再次喊道。

還是一樣。沒有動靜。

我們移近了些，三個人挨在一塊，緩緩前進。

當我們走到佈景幕前，那些字映入了眼簾——用濃濃紅色油漆寫成的粗字，潦草的橫在布幕的下方。

我停下腳步，瞇起眼睛在幽暗的光線中讀著這些字跡：

滾遠一點！
遠離我甜蜜的家！

「哇！」我低聲喊道，感到一股寒氣滑下背脊。

接著我聽見一扇側門被拉開。

我們三個急急轉身，看見一個人影踏進了禮堂。

當我們看清那人是誰時，都吃驚得喊出聲來。

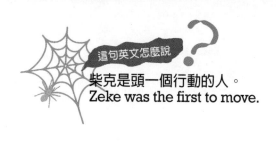

16.

她站在那兒，目瞪口呆的看著台上的我們，連眨了幾下眼睛，彷彿不敢相信眼前所見的一切。

「我……我眞是太震驚了。」渥克老師終於開口。

我用力的嚥著口水，努力想說些什麼，卻發不出聲音來。

柴克和布萊恩跟我一樣，呆站在那兒。

「你們三個眞是太教我失望了，」渥克老師上前幾步，說道：「私闖校園是很嚴重的罪行，而你們三個根本沒有理由──」

當她的眼光落在佈景幕上時，她霎時停了下來，口中發出「咯」的一聲輕響。

她很訝異的發現柴克、布萊恩和我在舞台上，而之前並沒看到佈景幕──直到這

這句英文怎麼說

她舉起一隻手阻止我往下說。
She raised a hand to stop me.

一刻。

「噢，不！我的老天！」她舉起雙手捂著臉喊道。她的身子歪了一下，有點左右搖晃，我想她快要摔倒了。

「你們怎麼可以這樣做？」她喘著氣說道，接著快步走過舞台，眼睛盯著那片被油漆塗髒的佈景幕。

「你們怎麼可以毀了它？所有同學工作了那麼多天才完成它，你們怎麼可以毀掉所有人的心血？」

「我們沒有。」柴克小聲的說。

「不是我們做的。」我也趕緊附和。

她用力搖著頭，像是要把我們甩開似的。「這回我恐怕是人贓俱獲了。」她靜靜的說，幾乎帶著點悲傷。

我看見她眼中泛起淚光。「渥克老師，我們真的……」我開口。

她舉起一隻手阻止我往下說。「你們的惡作劇就那麼重要嗎？」她的聲音在顫抖。

「渥克老師……」

「讓每個人相信眞的有幽靈，對你們那麼重要嗎？重要到讓你們私闖校園，犯下嚴重的罪行，然後把我們戲裡的佈景完全毀掉？你們的玩笑就那麼重要嗎？」

「這眞的不是我們做的。」我堅持說道，我的聲音也在顫抖。

渥克老師走上前來，用手指抹了抹佈景幕上的紅色污漬。當她移開手指時，上頭沾了紅色的油漆。

「油漆還沒乾呢，」她說道，並用譴責的眼光狠狠的盯著我。「這兒沒有別人了，你們打算一整晚都對我撒謊嗎？」

「假如妳給我們機會……」柴克開口道。

「我對你尤其失望，布萊恩，」渥克老師搖著頭說道。她皺著眉頭，一張臉繃得好緊。「你才剛來這個學校一星期左右，你應該要特別守規矩。」

布萊恩的臉漲得通紅，我從來沒見過有人的臉這麼紅過。他垂下眼睛，好像眞的犯了錯似的。

這句英文怎麼說

我們是從某扇窗戶爬進來的。
We climbed in through a window.

我深吸了一口氣。「渥克老師，妳一定要聽我們解釋！」我大聲喊道：「我們眞的沒有做！我們看到的時候就是這樣了！是眞的！」

渥克老師張開嘴巴要說話，卻又改變了心意。「好吧，」她雙臂叉起，抱在她瘦骨嶙峋的胸前。「說吧。但是我要聽實話。」

「句句實言。」我說。我舉起右手，像在發誓一樣。「布萊恩、柴克和我的確是溜進了學校。我們並沒有破壞門窗，我們是從某扇窗戶爬進來的。」

「爲什麼呢？」渥克老師嚴厲的質問道：「你們溜進來做什麼？你們爲什麼不待在家裡？」

「我們是來找幽靈的。」柴克插嘴道，一隻手把他的金髮往後拂開——他很緊張的時候總會這樣。

「我們今天早上告訴妳關於幽靈的事，但是妳不肯相信我們。」

「我當然不信！」渥克老師說道。「那只是個老傳說。只是個故事。」她朝柴克皺了皺眉。

柴克洩氣的長嘆一聲。「我們親眼看見那個幽靈，渥克老師。布魯克和我，我們都看見他了。佈景幕是被他塗花的，不是我們。那個從天而降的人是他，排戲時抓住布魯克的也是他。」

「憑什麼要我相信你們的說詞？」渥克老師質問道，雙臂仍然緊緊抱在胸前。

「因爲這是眞的，」我說道：「柴克，布萊恩和我……我們是到禮堂來尋找那個幽靈的。」

「你們打算上哪兒找他？」渥克老師問道。

「嗯……」柴克吞吞吐吐的說：「也許到舞台底下。」

「你們準備搭那道暗門下去？」渥克老師問道。

我點點頭。「也許。如果我們必須這麼做的話。」

「但是我曾經清楚交代所有人遠離那道暗門的。」她說。

「我知道，」我對她說：「我很抱歉。我們都很抱歉。但是我們眞的急於找出那個幽靈，向妳證明他眞的存在，而不是我們捏造出來的。」

她的表情仍然很嚴峻，眼睛也仍舊瞪著我們。「我並沒有聽到任何能說服我的話。」她表示。

這句英文怎麼說

她的嘴唇無聲的讀著。
Her lips silently formed the words.

「我們剛到這裡時，聽到了一些聲音，」柴克對她說，一邊不自在的把重心從一腳換到另一腳。「地板吱嘎作響。所以我們知道還有別人在這兒。」

「後來佈景幕降了下來，」布萊恩插嘴說道，他的聲音微弱而發顫。「我們就只是站在這兒呆望著，渥克老師。這是眞的。然後，當我們看見它被弄成什麼樣子時，我們……我們都不敢相信！」

渥克老師的表情柔和了一些。布萊恩的聲音聽起來相當沮喪，我想老師開始相信他了。

「我這麼努力的製作這面佈景，」布萊恩繼續說道：「這是我在這所學校參與的第一件工作，我只想把它做好。我絕不會爲了一個愚蠢的玩笑而毀掉自己親手畫的佈景的，眞的。」

渥克老師放下了手臂。她看了看我們三個人，接著又把目光轉向佈景幕。她的嘴唇無聲的讀著那潦草的字跡：

滾遠一點！

遠離我甜蜜的家！

她閉上眼睛，好一會兒都沒有睜開。接著她又轉身對著我們。「我想相信你們，」她嘆了口氣坦承道：「但是我眞的不知道該不該相信。」

她開始在我們面前來回踱步。「我回到學校來，是因爲我忘了帶走你們的數學考卷。我聽見禮堂裡有聲音，當我來到這兒，發現你們在舞台上，佈景被畫得一塌糊塗，連油漆都還沒乾。而你們卻要我相信罪魁禍首是個七十多年前的神祕幽靈。」

我一句話也沒說，柴克和布萊恩也默不作聲。我想我們沒什麼話可說了。

「奇怪的是，我居然開始相信你們了。」渥克老師皺起眉頭說道。

我們三個全都吁了一口氣。

「至少，我開始相信佈景不是你們塗壞的。」她用力甩了甩頭髮，瘦削的身體抖了一下。「時間很晚了，」她輕聲說道：「大家都回家去吧。這件事我要好好想想，或許我得請李維先生調查一下。也許他能幫助我們找出想要搞砸我們的戲的禍首。」

噢，不。我心想。別讓校長知道。要是他決定取消演出怎麼辦？但我並沒有

這句英文怎麼說

我們跟在她後面走了幾步。
We took a few steps, walking behind her.

說半句話，我們三個默不作聲，甚至沒有看彼此一眼，只是靜靜的跟著渥克老師走出禮堂。

她開始相信我們，而且願意讓我們走，這就已經讓我大大鬆了口氣了。

她打開走廊上的一盞電燈，好讓我們看路。

我們跟在她後面走了幾步。

然後我們全都突然停下腳步。

我們看見走廊地板上濺著一長串紅色的油漆污漬，形成一道軌跡。

「哦，你們瞧！」渥克老師喊道：「那位油漆匠有點兒不小心，他留下痕跡讓人追蹤了。」

她又打開了幾盞燈。我們追蹤著紅色的油漆污漬走下長廊。在一個比較大塊的油漆污漬跡中，我們還看見一個清晰的鞋印。

「我真不敢相信！」柴克對我耳語：「居然有人留下了線索。」

「我很高興，」我也悄悄對他說：「也許這些油漆痕跡能夠帶我們找到那個破壞佈景的人。」

「妳是說那個幽靈嗎？」柴克低聲說道。

我們轉過一個角落，跨過一小灘油漆漬。

「至少這能向渥克老師證明我們說的是實話。」布萊恩輕聲說道。

我們又轉過一個角落。

油漆的痕跡突然中斷了。最後一個小紅點落在一個置物櫃前。

「嗯——」渥克老師的眼光從紅漆污漬轉到置物櫃上，她若有所思的說：「這痕跡似乎是到這兒爲止。」

「嘿！」柴克大喊一聲，把大家都嚇了一跳。我看見他震驚得瞪大了眼睛。「這是我的置物櫃！」

這句英文怎麼說

這句話是從她緊咬的牙縫中擠出來的。
She said it through gritted teeth.

17.

有好一會兒，每個人都鴉雀無聲。

我可以聽見柴克的呼吸聲，又短又急促。

我轉向他，只見他直瞪著置物櫃，瞪著那道灰色的金屬門，彷彿能夠看進裡頭似的。

「打開你的置物櫃，柴克。」渥克老師吩咐柴克。這句話是從她緊咬的牙縫中擠出來的。

「啊？」柴克張口結舌的望著她，彷彿不明白她的意思似的。他垂下雙眼，看著他的置物櫃鐵門底下的紅色漆塊。

「把它打開。打開你的置物櫃。」渥克老師耐心的又說了一遍。她突然間顯

得非常疲憊。

柴克遲疑著。「但是裡頭什麼也沒有啊，」他抗辯道：「只有書和筆記本之類的東西。」

「請你打開，」渥克老師用一隻手比了比號碼鎖。「拜託你，柴克。眞的很晚了。」

「但妳不會是以爲——」柴克說道。

渥克老師又朝號碼鎖打了個手勢。

「或許是有人想嫁禍給柴克，讓我們以爲油漆是柴克塗的。」我揣測道。「或許有人刻意留下那道痕跡，通到柴克的置物櫃。」

「或許，」渥克老師平靜的回答：「所以我才要他打開置物櫃。」

「好，好。」柴克含糊的說。當他朝號碼鎖伸手過去時，他的手在微微抖動。

他把頭往前傾，專注的轉動著號碼鎖，先是朝一個方向，接著又朝另一個方向。

「給我一點光線。」他焦躁的說。

我往後退。「對不起。」我沒發現自己擋住他的光線了。

這句英文怎麼說

所以我才要他打開置物櫃。
That's why I want him to open his locker.

我朝布萊恩瞥了一眼。他雙手插在口袋裡，身子靠在牆上，聚精會神的看著柴克轉動號碼鎖的手。

終於，「喀」的一響，柴克把鎖打開了。

他拉起把手，打開了櫃門。

我跟渥克老師同時湊過去往裡頭瞄，兩個人的頭差點撞在一塊兒。

我們同時看見了那罐油漆。

一小罐紅色的油漆，端端正正的擱在置物櫃底下。

罐子沒有蓋緊。幾滴紅色的油漆沿著罐子邊緣流淌下來。

「這不是我的！」柴克哀號著說。

渥克老師長嘆了一聲。「我很難過，柴克。」

「這不是我的！」柴克呻吟道：「真的，渥克老師！真的不是！」

「我要請你父母過來好好談談，」渥克老師咬著下唇，說道：「還有，當然，你不能參加演出了。」

「噢，不！」柴克嗚咽道。他使盡全力，「砰」的一聲摔上置物櫃的門。那聲音在空盪盪的長廊中迴響著。

渥克老師被那聲音驚得縮了縮，怒沖沖的瞪了柴克一眼。接著她轉向布萊恩和我。

「這件事你們兩個也有份嗎？說實話！」

「不！」布萊恩和我同聲喊道：「我們沒有。」我又加了一句。我原本還打算說：「柴克也沒有。」

但我看得出來，一切都太遲了。那罐油漆鐵證如山，我說什麼都沒用。

柴克百口莫辯了。

「如果讓我發現妳和布萊恩跟這件事有關，我也會取消妳的戲份，並且約談妳的父母。」渥克老師威脅道：「現在快回家去，你們三個都回家。」

我們轉過身去，一句話也沒說，步履蹣跚的走出校門。

夜晚的空氣拂在我熾熱的皮膚上，感覺好冷。我顫抖了幾下。

那輪弦月被一層灰霧籠罩住了，霧氣像鬼魅般從月亮前面飄過。

我跟著柴克和布萊恩走下水泥台階。忽然一陣風吹來，吹得我的外套在身後

這句英文怎麼說

這件事你們兩個也有份嗎？
So you two were also involved?

翻飛。

「你們相信嗎？」柴克忿忿的低聲說道：「你們能相信嗎？」

「不相信。」我搖搖頭回答道。

可憐的柴克。我看得出來這下他真的慘了。而當他的父母接到渥克老師的電話時，他可要慘上加慘了！

「那罐油漆怎麼會在你的置物櫃裡？」布萊恩雙眼緊盯著柴克問道。

柴克轉移目光，沒好氣的說：「我怎麼知道！」

我們走上了人行道，柴克憤怒的把一個空果汁盒踢到馬路上。

「那就明天見囉。」布萊恩悶悶不樂的說。他微微朝我們揮揮手，接著就轉過身，緩緩朝他家走去。

柴克朝反方向跑開。

「你不跟我一起回家嗎？」我喊道。

「不！」他喊了回來，繼續跑著。

從某方面來說，我很高興他走了，我真的不知道要跟他說些什麼。

我只是覺得好糟。

我開始慢慢的往回走，我垂著頭苦苦思索。這時，我看見一個小小的圓形光點從黑暗中朝我飄過來。

那點燈光漸漸變大，我看出那是腳踏車的頭燈。那輛腳踏車是從學校的車棚中轉出來的，正平穩的朝我駛來。

當它距離我只有幾呎遠時，我認出騎車的人了。「蒂娜！」我訝異的喊道：「妳怎麼會在這兒？」

她的車「嘎」的一聲停了下來，接著她跳下車座，深色的眼睛映著我們上方街燈的光芒。她微笑起來。詭異的微笑。

「嗨，布魯克。妳還好嗎？」她問道。

她剛才是在學校裡嗎？我納悶著。她是剛剛才從學校裡出來的嗎？

「妳是打哪兒來的？」我又問了一遍。

她那抹奇異的微笑仍然掛在臉上。

「朋友家，」她說：「我剛從朋友家回來。」

這句英文怎麼說

她剛才是在學校裡嗎？我納悶著。
Was she in the school? I wondered.

「妳剛才在學校裡嗎？」我脫口而出。

「學校？沒有啊。」她回答。她挪了挪重心，然後一腳搭上踏板。「妳最好把夾克的拉鍊拉上，布魯克。」她說道：「妳可不想感冒吧？」

18.

星期六一整天我們都在禮堂排練。再過一個星期就要公演了。

每個人都非常投入，排練進行得很順利，我只忘了兩次台詞。

但是沒了柴克就是不太一樣。

羅勃．赫納德茲接替了柴克的角色。我挺喜歡羅勃的，但是他是個很嚴肅的傢伙。他聽不懂我說的笑話，也不喜歡到處開玩笑或是被人捉弄。

午餐後，羅勃和柯瑞一起排練一場戲。渥克老師去吃午飯還沒有回來。

我晃到布萊恩身邊，他手裡拿著刷子，上頭還滴著黑色的油漆。他斜靠在新的佈景幕前，在灰色的磚塊上做最後的修飾。

「看來不錯嘛。」我對他說。我突然有股衝動，想要在他的背上猛拍一掌，

讓他把黑色油漆濺得到處都是，但是我又覺得這個把戲可能不會很討喜。

我不知道這股衝動是打哪兒來的。

「你們排練得如何了？」他頭也不抬的問。他正在塗滿先前漏掉的空隙。

「還不錯，我想。」我回答道。在舞台那頭，我看見蒂娜正拿著一大罐膠水在工作。她正往一盞硬紙板糊成的吊燈刷上一層厚厚的膠水。

「羅勃會是個好幽靈的。」布萊恩說道，一邊用刷子把手的尖頭搔搔下巴。

「是啊，」我同意道，「但是我有點想念柴克。」

布萊恩點點頭，然後轉過頭來看著我。「妳知道嗎？自從柴克走了之後，就再也沒人惡作劇了。再也沒有佈景被搗毀、沒有神祕幽靈朝我們撲來，牆上也不再出現威脅的字句了。什麼都沒有了。自從渥克老師把柴克踢出去後，就再也沒有壞事發生了。」

在這一刻之前，我都沒有想過這件事。但是布萊恩說的沒錯。自從柴克退出後，幽靈就徹底消失了。

一切都進行得如此順利，以至於我根本沒有停下來想過。

這句英文怎麼說？

再過一個星期就要公演了。
The performance was only a week away.

這是否意味著柴克真的就是那個幽靈？說到底，這些可怕的事都是柴克搞出來的？

「渥克老師打電話請柴克的父母到學校來時，他們是不是氣炸了？」布萊恩問道：「他有被處罰嗎？」

「當然囉。」我回答道，心裡還想著幽靈的事。「他爸媽罰他終生禁足，他們還沒收了他的錄放影機，這表示他不能看恐怖片了。柴克沒了恐怖片根本就活不下去！」

布萊恩吃吃的笑了起來。「或許柴克看太多恐怖片了。」他說。

「好了，同學們！」一個聲音喊道。我轉過頭來，看見渥克老師吃過午飯回來了。「我們從第二幕開頭排演起，」她喊道：「我們要一氣呵成的把這整幕戲演完。」

我跟布萊恩道了再見，快步走到台前。艾絲莫瑞妲在第二幕裡幾乎每一場都有戲，這一次，我決心要記住每一個字。

當我站到羅勃旁邊，我看見渥克老師從桌上拿起她的劇本。她雙手捧著劇

這句英文怎麼說

渥克老師吃過午飯回來了。
Ms. Walker had returned from lunch.

本，正要把它翻到第二幕。

當她翻著劇本時，我看見她的表情變了。她氣急敗壞的吼了一聲，在那本厚厚的劇本上扯了幾下。

「嘿——」她氣憤的喊道：「這回惡作劇的是誰？」

「渥克老師，怎麼回事呀？」羅勃喊道。

她舉起劇本，憤怒的揮舞著。「我的劇本……被人黏起來了！」她氣沖沖的說道。

舞台上下響起一片驚呼。

「我受夠了！」渥克老師喊道，接著一把將劇本往牆上擲去。「這是最後一次惡作劇了！演出取消了！大家都回家去！這齣戲不演了！」

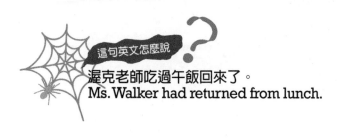

19.

「渥克老師回心轉意了嗎？」柴克問道。

我點點頭。「是啊。幾秒鐘後她平靜了下來，說這齣戲可以繼續演。但是她那天接下來的心情都很惡劣。」

「至少她這回不能怪到我頭上了。」柴克靜靜的說道。他將一個粉紅色的皮球扔過客廳，巴斯特——他的黑色小獵犬——跌跌撞撞的追了過去。

布萊恩和我順道來到柴克家，告訴他發生了什麼事。柴克被禁足了——也許是永遠禁足，不能出家門。他父母出去看電影了，幾個小時後會回來。

巴斯特扔下那顆球，開始朝著布萊恩吠叫。

柴克笑了起來。「牠不喜歡你，布萊恩。」他撿起那顆球，又把它扔過地毯。

這句英文怎麼說

幾秒鐘後她平靜了下來。

She calmed down after a few seconds.

但是巴斯特不理會那顆球，還是對著布萊恩吠個不停。

布萊恩漲紅了臉。他伸出手來，拍拍狗兒的頭。「你是怎麼回事，小傢伙？我不是壞人呀。」

巴斯特蹦蹦跳跳的從布萊恩身邊跑開，橫過客廳去找那顆球。球滾到了走廊上。

「嗯，我想這證明班上還有其他的搗蛋鬼，」柴克說道，他的微笑消褪了。他又坐回沙發上。「這證明了這些壞事並不全是我做的。」

我想開個玩笑，但是看見柴克嚴肅的表情，我就沒作聲了。

「學校裡有個幽靈，而這個幽靈並不是我，」柴克說道：「現在每個人都認為我在說謊，渥克老師以為我想搞砸這齣戲，就連我爸媽也以為我變成壞孩子了。」

「比起羅勃，你這個幽靈要好太多了，」我想讓他開心些，我說道：「現在距離公演不到一個禮拜了，羅勃的台詞還是說得亂七八糟的。他說他眞後悔參加選角，現在他甚至不想演了。」

柴克跳了起來。「如果我們能證明我並不是那個幽靈，我敢打賭，渥克老師會把那個角色還給我。」

「哇——」我說。我看得出來柴克正在動腦筋。我知道他接下來要說什麼。

「哇——」布萊恩也應聲說道。他也知道柴克要說什麼。

「我們到學校去，」柴克興奮得睜大眼睛，說道：「我們這次要找到那個幽靈。我真的很想拿回我的角色。」

我搖搖頭。「不行，柴……」我才要開口。

「我真的很想向大家證明我並沒有要搞砸這齣戲。」柴克堅持道。

布萊恩把球扔給狗兒，但牠只是看著球彈走。「但是你被禁足了，記得嗎？」布萊恩對柴克說。

柴克聳聳肩。「如果我們找到那個幽靈，證明我的清白，我爸媽會很高興我這麼做的，也就會解除我的禁足令了。走吧，夥伴們。再試一次，好嗎？」

我凝視著柴克，想著他的提議。我不覺得這是個好主意。上一回我們溜進禮堂，結果捲入了好大的麻煩。

這句英文怎麼說

布萊恩把球扔給狗兒。
Brian tossed the ball to the dog.

從布萊恩的表情看來，我知道他也不想去。但是我們怎麼能拒絕柴克呢？他幾乎是在哀求我們！

那是個暖和的夜晚，但我還是覺得涼颼颼的。

當我們朝著學校走去時，我不斷看見黑影向我們逼近，像是要攫住我們似的。但是每當我回頭看去，它們卻都消失了。

布魯克，妳的想像力太豐富了。我斥責自己。

我真希望我的心臟別再像個低音鼓般怦怦直跳。

我真希望我現在是在家裡跟傑瑞米一起看電視。我對我們的小小冒險有種不安的預感。非常不妙的感覺。

我們沒有浪費時間去嘗試推開門，直接就從家政教室的同一扇窗戶爬進學校。接著，我們又再次悄悄的走過漆黑的走廊，來到禮堂中。

觀眾席後方有一排電燈沒有關，舞台黑暗而空盪，只有一片繪著灰磚的佈景幕搭在後牆的前方。

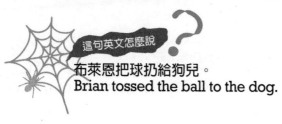

柴克領頭走過中間那條走道。

他給了我們每個人一支手電筒，當我們朝舞台走去時，把手電筒打開來。手電筒的光束在空無一人的座位上晃動著，我把光束投向舞台，左右掃描。

沒有人在上頭。沒有任何異常的跡象。

「柴克，這是在浪費時間。」我說。雖然沒人會聽見，但我還是壓低了聲音。

他舉起食指比在嘴唇前。「我們要到舞台底下去。」柴克輕聲說道，雙眼直視著前方。「我們會找到他的，布魯克。這一次，我們一定會找到他。」

我從未見過柴克如此嚴肅、如此堅決。一股恐懼的寒氣緩緩的滑下我的脊背，但是我決定不跟他爭辯。

「嗯……或許我應該待在舞台上，讓你們兩個下去。」布萊恩提議道：「我可以在這兒把風。」

「把什麼風啊？」柴克質問道，他舉起手電筒照著布萊恩的臉。

我看見布萊恩害怕的神情。「嗯……以防有人會來啊。」他虛弱的回答。

「我們三個全都得下去，」柴克堅持道。「如果我們真的找到了那個幽靈，

這句英文怎麼說

我可以在這兒把風。
I could stand guard.

我需要有兩個見證人——你和布魯克。」

「但那幽靈是個鬼魂，不是嗎？」布萊恩問道。「我們怎麼能找到鬼魂呢？」

柴克怒目瞪視著他。「我們會找到他的。」

布萊恩聳了聳肩。我們兩個都看得出來，今天晚上跟柴克爭辯是白費唇舌。

當我們走向那道暗門時，舞台的地板在我們的腳下吱嘎作響。我們用手電筒沿著地板上那正方形暗門的輪廓照了一圈。

布萊恩和我緊緊的擠在方形平台的中央，柴克在那根小木樁上重重跺了一腳，然後跳到我們身邊。

我們聽見那熟悉的匡啷聲，當平台開始下沉，又響起了輕輕的吱嘎聲。舞台似乎在我們四周升起，幾秒鐘後，我們就被四面黑牆所包圍。

當我們不斷往下沉，我們的手電筒的光芒照射在四周的黑牆上，我的心臟好像也在往下沉——沉到了膝蓋上！

我們三個擠成一團，縮在平台的中央。當我們不斷下沉，那匡啷聲和吱嘎聲也變得越來越響。終於，平台發出「砰」的一聲，我們降到底了。

有幾秒鐘的時間，沒有半個人移動。

柴克是頭一個跨下平台的人。他舉起手電筒，緩緩的掃過四周。我們身處一個空曠的大房間中央，有通道往兩個方向延伸出去。

「嘿，幽靈！嘿，老兄！」柴克輕聲喚道，彷彿在叫喚他的狗似的。「嘿，幽靈。你在哪裡，幽靈？」他用唱歌似的腔調喊著。

我走下平台，推了他一把。「別鬧了，」我責怪他道：「我還以爲你是認眞的。你拿這件事開玩笑做什麼？」

「我只是想讓你們別太害怕。」柴克回答。但是，當然，我知道實情。他是想讓自己不要太害怕。

我回頭看看布萊恩。在幽暗的光線下，他看起來比我們兩個加起來還要害怕！

「這下頭沒人。我們現在可以上去了嗎？」他懇求道。

「不行，」柴克對他說：「跟我來。手電筒照著地板，好看見腳下的情況。」

布萊恩和我肩並著肩，跟隨著柴克走進密室。我們走進一條長長的隧道，往

這句英文怎麼說

他用唱歌似的腔調喊著。
He called in a singsong voice.

裡頭踏了幾步，然後停下來傾聽。

一片寂靜。

我的雙腿在發抖。事實上，我全身顫抖。但是柴克表現得這麼勇敢，我絕不能讓他知道我有多麼害怕。

「這條隧道可能延伸過整個校園底下，」柴克低聲說道，一邊用手電筒探照著前方。「或許更遠，可能延伸過這整條街也說不定！」

我們又走了幾步——接著我們聽見背後傳來一陣噪音，我們不約而同的停下腳步。一陣匡啷聲，跟著是響亮的嘎啦聲。

「嘿！」布萊恩尖聲喊道：「那道暗門！」

我們三個趕緊轉身，拔腿朝暗門奔去。我們沉重的腳步在黑暗的隧道中大聲迴響。當我們跑回暗門的平台時，我的胸口痛得要命，都快不能呼吸了。

「它……它往上升回去了！」柴克喊道。

我們無助的站在那兒，眼睜睜的看著平台越過頭頂，往舞台升去。

「按下開關！」柴克對我喊道。「讓它降下來！」

我摸索著牆壁，終於找到了開關。我試著扳動它，但是它被卡住了。

不。它是被鎖住了。

動也不動。

暗門的平台在我們頭頂老遠的地方停住了。我們三個人在黑暗中凝望著它，沉重的寂靜籠罩著我們。

「柴克，這下我們被困在地底下了，」我說道：「根本沒辦法上去。我們完完全全被困住了。」

這句英文怎麼說

我摸索著牆壁，終於找到了開關。
I fumbled on the wall till I found the switch.

20.

我們等待著，看看有沒有人會下來，但是那道暗門始終停在上頭，緊緊關著。

布萊恩驚懼的呼了一口氣。「這是誰幹的？」他抬頭凝視著平台，低聲說道：「有人拉下了機關，把暗門升了上去。」

「是那個幽靈！」我喊道，同時轉向柴克。「現在怎麼辦？」

柴克聳聳肩。「現在我們別無選擇了。如果我們想要出去，就得找到那個幽靈！」

當我們回過頭走進隧道時，手電筒的黃色光圈在地面上抖動。我們沿著隧道轉了個彎，然後又轉了個彎，沒有人說半句話。

地面變得濕軟泥濘，空氣也變冷了些。

我聽見遠處傳來微弱的嘰嘰聲。

希望不是蝙蝠。

柴克邁開大步往前走，布萊恩和我得加緊腳步才能趕上他。他的手電筒在前方來回掃描。

突然間，我聽見一個低低的聲音哼著音樂。好一會兒我才聽出那聲音來自柴克，他正在自顧自的哼著曲調。

拜託，柴克。別再鬧了！我心想。你一定害怕得要命！你故做輕鬆的哼歌是騙不了我的。

你其實跟我一樣害怕！

我正要開口揶揄他，但是那隧道突然到底了。

我們發現自己來到一扇矮門的門口。布萊恩停下腳步，柴克和我則走到門前，用手電筒照著那扇門。

「裡頭有人嗎？」柴克用一種奇怪的微弱聲音喊道。

沒有回答。

這句英文怎麼說

你故做輕鬆的哼歌是騙不了我的。
You can't fool me with a little cheerful humming.

我伸手去推那扇門，它吱吱嘎嘎的開了。

柴克和我舉起手電筒往裡頭照。

那是個房間，家具一應俱全。我看見一張摺疊椅、一張破舊的沙發，沙發上頭缺了一個墊子。一面牆邊排著幾座書架。

我的手電筒的光束落在一張小桌上，上頭有一個碗和一盒玉米片。我用手電筒四處掃射，看見另一頭的牆邊有一張沒有收拾的小床。

柴克和布萊恩跟著我走進房間。我們手電筒的光束緩緩的掃過每樣東西、每件家具。一張矮几上擱著一架老式的電唱機，旁邊堆著一疊老舊的唱片。

「你們相信嗎？」柴克輕聲說道，一邊咧嘴笑了起來。

「我想我們發現幽靈的家了。」我也低聲回應。

布萊恩把手電筒斜斜的舉在身體前，走到桌子旁，低頭凝視著那碗玉米片。

「那個幽靈……他剛才還在這兒，」布萊恩說道：「穀片都還沒浸濕呢。」

「這太教人吃驚了！」我喊道：「真的有人住在這兒，在這麼深的地底……」

我停下腳步，因爲我覺得我要打噴嚏了。或許是一次大規模的發作。

我試著忍住，但沒有辦法。我打了一個噴嚏。兩個。五個。

「快停下來，布魯克！」布萊恩懇求道：「他會聽見的！」

「但是我們就是要找到他呀。」柴克提醒布萊恩。

我一連打了七個噴嚏，接著又追加了一個，以求好運。

終於，噴嚏打完了。

「他一定聽見了。我知道他聽見了。」布萊恩焦躁的說，兩眼驚懼的東張西望。

門突然「砰」的一聲關上了。

「不！」我們全都跳了起來，驚聲尖叫。

我的心臟像是跳到了嘴裡，身上每條肌肉都打結了。

我們轉過身來，盯著那扇門。有人把門關上了，我知道。那不是風吹的。

柴克率先行動，他放低手電筒，撲身往門上衝去。

他握住把手，用力推著門。

那扇門動也沒動。

柴克用肩膀頂著門，轉動著把手，再度用力推門。

這句英文怎麼說

他用肩膀猛撞著門。

He banged his shoulder against the door.

還是沒用。

他用肩膀猛撞著門，然後再推它，用全身的重量頂著那扇門。

當他轉過頭看著我們時，臉上第一次露出了恐懼的表情。

「我們……我們被鎖在裡頭了。」他輕聲說道。

21.

我衝到柴克身邊。「我們三個一起推，或許就推得開了。」我提議。

「或許吧。」柴克回答。但是我看得出來他並沒有抱太大的希望。

我用力嚥著口水。看見柴克這麼恐懼，我也更加害怕了。

「好，我們一起推吧！」布萊恩站到我身邊，說道：「如果必要的話，我們可以把門給拆了。」

說得好，布萊恩！我心想。他終於表現出一點膽識了。

我們靠在門邊，準備開始推。

我又深吸了一口氣，然後憋著。我試著讓自己鎮定下來，我的手和腿感覺就像是泡泡糖做的似的。

這句英文怎麼說

我又深吸了一口氣，然後憋著。
I took another deep breath and held it.

我意識到，這眞是太教人害怕了。如果我們被鎖在這個小房間裡出不去，可能就得在這兒待上一輩子了。我們與世隔絕，困在十萬八千里深的地底。

大夥兒會在地面上不斷搜尋，但是永遠找不到我們。即使我們喊破嗓門大聲呼救，也沒有半個人會聽見。

我們會永遠被困在這兒。

我又深吸了一口氣。「好，我們數到三。」我說道：「大家一起用力推。」

柴克開始數了。「一——二——」

「啊！等等！」我打斷他，並凝視著那道門。「我們剛才是推門進來的，是不是？」

「嗯，我想是吧。」柴克兩眼直瞪著我，回答說。

「所以它不能從裡頭推開呀，」我說：「我們得把它拉開才對。」

「嘿——妳說的沒錯。」柴克喊道。

我抓住門把，轉了一下，然後用力一拉。

那扇門輕易的被拉開了。

有個男人站在門口。

我將手電筒的光束移到他的臉上，立刻就認出他來。

埃米爾，那個自稱是晚班工友的矮小白髮男子。

他擋住門口，一張凶神惡煞似的醜怪疤臉怒視著我們。

這句英文怎麼說

他並沒有從門口挪開。
He didn't budge from the doorway.

22.

「讓我們出去！」我尖叫道。

他並沒有移動，一雙奇異的灰色眼睛看看柴克、布萊恩，又看看我。

「你得放我們出去！」我說，接著又哀求的加上一句：「求求你？」

他的表情變得更加憤怒，手電筒射出的光芒令他臉頰上的長疤看起來更深了。

他並沒有從門口挪開。「你們爲什麼會在這裡？」他用他那粗嘎的嗓音低聲質問道：「你們爲什麼會在我家裡？」

「這麼說——你就是那個幽靈！」我脫口說道。

他訝異的瞇著眼睛。「幽靈？」他的神情變得若有所思。「我猜你可以這麼

叫我。」

布萊恩低喊了一聲。

「這是我的家，我甜蜜的家，」那個人忿忿的說：「你們為什麼會在這兒？你們為什麼不聽我的警告？」

「你的警告？」我問道。我抖得好厲害，手電筒射出的光圈在牆上不住的顫動。

「我費盡心機要讓你們遠離這兒，」那幽靈說道：「讓你們遠離我的家。」

「你是說佈景上的油漆？從高樑上盪下來的幽靈？還有我的置物櫃裡那個恐怖的面具和紙條？」我驚愕的喊道。

那幽靈點了點頭。

「那麼七十二年前發生了什麼事？」我問道：「這齣戲第一次準備上演時，到底發生了什麼事？那天晚上你為什麼消失了？」

那幽靈的表情變了，他銀灰色的眼眸透著困惑。「我……我不明白妳在說什麼。」

這句英文怎麼說

他的唇上浮現一個苦澀的笑容。
A bitter smile formed on his lips.

他的白髮落在前額上，瞪眼看著我，結結巴巴的說道。

「七十二年前。」我再次強調。

他的唇上浮現一個苦澀的笑容。「嘿，我可沒那麼老！」他回答道：「我才五十七歲呢。」

「那麼……你並不是那個幽靈？」柴克不確定的問。

埃米爾搖搖頭，發出一聲疲憊的嘆息。「我聽不懂你們說的什麼幽靈，年輕人。我只是個可憐的流浪漢，想要保有一塊小小的容身之地。」

我們端詳著他，試圖判斷他說的是不是實話。

我覺得是。

「你一直住在學校底下？」我輕聲問道：「你怎麼會知道地底下有間屋子？」

「我父親在這間學校工作了三十年，」埃米爾回答道。「當我還是個孩子的時候，他曾經帶我來過這兒。之後我失去城裡的公寓時，就想起這個地方，從此我就住在這兒，到現在已經快六個月了。」

他的眼中又燃起憤怒的火光，一把將前額的頭髮拂開，重新擺出一張凶臉。

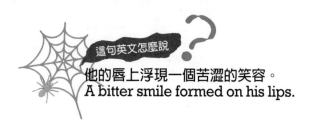

「但是你們毀了這一切，不是嗎？」他激動的說：「你們毀了這一切。」

他快速的往前踏上幾步，從門口進入房間，露出威脅的神情向我們走來。

我踉踉蹌蹌的往後退。「你……你想對我們怎麼樣？」我喊道。

這句英文怎麼說

這是我們逃走的唯一機會。

It was our only chance of escape.

23.

「你們毀了一切，所有的一切。」他喃喃重複，一邊朝我們逼近。

「不，等等——」我喊道，同時抬起手來，像是要自我防衛。

這時我聽見某種聲音，是從外頭的地道傳來的。是低沉的匡啷聲。

我望向柴克和布萊恩。他們也聽見了。

那道暗門！它正在移動，正在下降。我們可以聽見它在隧道那一頭的動靜。

我想我們三個立刻有了同樣的念頭——我們得到暗門那兒去，這是我們逃走的唯一機會。

「你們毀了一切。」埃米爾重複說道，語調突然變得悲傷大過憤怒。「你們爲什麼不聽我的警告？」

柴克、布萊恩和我彼此沒有多說一句話，一起往門口衝去。「噢！」當我奔過埃米爾身邊時，在他身上撞了一下。

出乎意料的是，他並沒有伸手抓我，沒有試圖阻攔我。

我全速奔跑，率先衝出房門。我的雙腿仍然像泡泡糖般軟綿綿的，但是我強迫它們往前挪，奔出一步，又是一步。

我沒有回頭看，但我聽見柴克和布萊恩緊緊的跟在後面。接著我聽見埃米爾的聲音穿過隧道迴盪而來：「你們毀了一切！一切！」

埃米爾追來了嗎？

我顧不得了。我只想趕緊奔到暗門平台那兒，趕緊離開這裡！

我盲目的奔過黑暗曲折的隧道，球鞋不時陷入軟泥裡，肩膀不斷擦到粗糙的牆面，但是我不曾放慢腳步。

手電筒的光圈在我腳邊的地面上跳動著，當暗門平台映入眼簾時，我舉起手電筒照了過去。我不住的喘氣，腹側因奔跑而發疼。

「啊？你們在這底下做什麼？」一個男人的聲音喊道。

是柴克的爸爸！

柴克、布萊恩和我倉皇的奔上平台，擠在他身邊。

「這是怎麼回事？」馬修斯先生質問道：「那聲音是誰呀？」

「快上去！」我勉強吐出這幾個字：「快帶我們上去！」

柴克伸手扳動機關。這一回它動了。

平台猛晃了一下，開始向上升起。我回頭望向隧道，埃米爾有追過來嗎？

沒有。沒有他的蹤影。

他甚至不曾追趕我們。

眞是怪了，我心想。太奇怪了。

「我聽見一個男人的聲音，那是誰啊？」馬修斯先生再度問道。

「一個無家可歸的流浪漢，他住在舞台底下。」我說。接著我解釋事情的經過，還有他這幾個星期來是如何試圖恐嚇我們。

「你怎麼知道我們在這下面？」柴克問他爸爸。

「你應該待在家裡的，」他嚴厲的回答：「你被禁足了，而且你仍然被禁足中。

這句英文怎麼說

你怎麼知道我們在這下面？
How did you know we were down there?

但是當我發現你不在家時，我猜你一定又到舞台這兒瞎晃了。學校的側門是開著的，我進入禮堂，聽見這道暗門正在移動，於是決定下來瞧瞧。」

「眞是太好了！」我喊道。我眞想擁抱馬修斯先生。

平台一停下來，我們就忙不迭的爬到舞台上。柴克的父親趕緊通知警方，告訴他們有個流浪漢住在學校底下。

警察很快就趕到了。我們看著他們搭著暗門下去，等候他們將埃米爾帶上來。但是幾分鐘後他們卻空手而返。

「底下沒有人。」一位警官說道。他摘下警盔，搔搔自己黑色的卷髮。「沒有任何人的蹤影，只有一張床鋪和一些舊家具。」

「那他的食物呢？還有其他呢？」我問。

「都不見了。」那警官回答。「我猜他是很快收拾走了，地下室的門還微微開著。」

警察離開後，布萊恩向我們道了晚安，走出了禮堂。柴克的爸爸要開車載我回家。

這句英文怎麼說

柴克的爸爸要開車載我回家。
Zeke's dad was going to drive me home.

我轉向柴克。「那麼，這就是你要找的幽靈了。」我略帶傷感的說：「只是個可憐的流浪漢，而不是從學校創立以來一直在此流連、已經七十二歲的老鬼魂。只是個可憐的流浪漢。」

「是呀，眞令人掃興。」柴克皺了皺眉，回答道：「我眞想見見一個眞正的鬼魂，一個眞正的幽靈。」接著他的表情又歡快起來。「但是至少渥克老師現在會相信我了，我也能拿回我的角色了。」

那齣戲。我幾乎忘記那齣戲了。

柴克說的沒錯，我開心的想著。他現在能拿回他的角色了。一切都會順順利利的。

幽靈消失了。

現在我們全都可以鬆口氣了，我心想。現在我們可以開開心心的演出一場好戲了。

噢，我眞是大錯特錯！

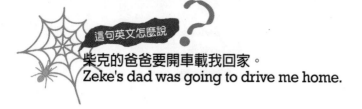

24.

公演當晚，我坐在女生梳妝室裡，把一團團舞台油彩往臉上塗。我從來沒抹過這麼厚的化妝品，我想我一定弄不好的。其實我根本不想塗這些油膩膩的玩意兒。

但是渥克老師說我們全都得化妝，即使是男生。她說這些油彩能夠減低大燈的反光，讓我們的臉在台上看起來不會那麼亮。

女生梳妝室裡一片混亂，每個人都努力擠進戲服裡，還得自己化妝。麗莎·瑞格和吉雅·班特利——兩個跑龍套的五年級女生——霸佔著穿衣鏡，吱吱喳喳的笑著欣賞自己的裝扮。

這句英文怎麼說

這應該是很好玩的。
This is supposed to be fun.

當我準備要瞧瞧自己時，舞台監督已經在喊著：「就位！大家就定位！」

我的胃一陣翻攪。鎮定一點，布魯克，我命令自己。這應該是很好玩的，記得嗎？

我踏出梳妝室，走過通道，從舞台側門進入禮堂，在舞台邊站定。有人拍了拍我的肩膀，把我嚇了一大跳。老天，我眞是太緊張了！

我轉過身來，發現自己正面對著那個幽靈！

我知道那只是穿著戲服、戴著面具的柴克，但他還是嚇了我一跳。「柴克，你看起來好逼眞喔！你看起來好可怕！」我對他說道。

柴克並沒有回答。他非常正式的朝我鞠了個九十度的躬，接著便快步走到他的位置。

簾幕還沒揭開，但我可以聽見禮堂中持續傳來隆隆的人聲。我從布幕邊往外瞄，哇！觀衆席已經坐滿了。

這個念頭讓我的胃再度翻攪起來。

燈光開始調暗，觀衆立刻安靜了下來。

舞台燈光亮了起來，音樂也開始了。

全力以赴吧，布魯克，我告訴自己。

盡情演出就是了。

這齣戲進行得十分順利，直到第一幕的終了。大夥兒全都表現得非常好，直到那個時候。

當布幕揭開的時候，觀眾開始鼓掌，我和柯瑞一起踏上舞台。我完全忘記怯場這回事了。

「留神點，女兒，」飾演我父親的柯瑞提醒我：「這劇院底下住著一個怪物，一個滿臉疤痕的醜怪幽靈。」

「我不相信你的話，爸爸，」飾演艾絲莫瑞妲的我回答道：「你只是想要操控我，讓我永遠無法長大！」

觀眾似乎看得津津有味，他們在適當的時候笑了出來，還鼓掌了好幾次。

這眞是太棒了！我心想。

我很興奮，但並不緊張，充分享受著台上的每一分鐘。

這句英文怎麼說

觀衆似乎看得津津有味。
The audience seemed to be having a great time.

而當第一幕接近尾聲時，我知道這齣戲眞正的高潮來臨了。

一陣乾冰的煙霧緩緩的掃過舞台，藍光打在迴旋的煙霧上，使得它看來更加幽幻詭異了。

我聽見暗門的匡啷聲，知道柴克將要穿著幽靈的裝束從地底升起了。

幾秒鐘後，那幽靈將會從藍色的煙霧中升起，聲勢奪人的出場。

觀衆會興奮極了，我心想。同時看著煙霧滾滾上升，掀動我黃色的長裙。

「幽靈，是你嗎？」我喊道：「你是來見我的嗎？」

那幽靈藍綠相間的面具從煙霧上方浮起，接著他披著黑色斗篷的肩膀也映入眼簾。

幽靈現身時，觀衆倒抽了一口氣，然後便叫好起來。那幽靈僵直的站在煙霧中，黑色的斗篷在身後飄飛。

接著他走向我，走得十分緩慢、頗有威儀。

「噢，幽靈！我們終於相會了！」我注入我所有的感情喊道：「我夢想這一刻已經好久、好久了！」

我握住他戴著手套的手，拉著他走過迴旋的藍色煙霧，來到舞台前方。白色的聚光燈打在我們兩個人身上。

我轉過身來面對著他，凝視他那藍綠色面罩後面的眼睛。

我立刻意識到，這個人並不是柴克。

這句英文怎麼說

為什麼他看起來這麼眼熟？
Why does he look familiar?

25.

我正要開口叫喊，但是他捏了捏我的手。

他的眼睛熾熱的看著我，似乎在用眼神懇求我，求我什麼也別說，不要揭露他的身分。

他究竟是誰？我僵立在燦亮的聚光燈下，心中納悶著。爲什麼他看起來這麼眼熟？

我轉身面對觀眾。台下一片靜默，等著我開口說話。

我深吸了一口氣，說出艾絲莫瑞妲的下一句台詞。

「幽靈啊，你爲何流連在這劇院裡？請告訴我你的故事，我不會害怕的。」

那幽靈將斗篷往身後一拂，眼睛仍然定定的看著我。他戴著手套的手緊緊握

著我，彷彿怕我會逃走似的。

「我住在這間劇院底下已經超過七十年了，」他說道：「我的身世很悽涼，妳甚至可以稱它為一齣悲劇，我美麗的艾絲莫瑞妲。」

「請繼續說下去！」我說。

他是誰？我問我自己，到底是誰？

「我獲選為一齣戲的主角，」幽靈說道：「一齣要在這間劇院上演的戲。那將會是我一生中最輝煌的一夜！」

他暫停了一會兒，深吸了一口氣。

我的心臟少跳了一下。

我發現他並沒有照著劇本演出。這些台詞不對。

他到底在說些什麼？

「但是我最輝煌的一夜永遠不會到來！」那幽靈仍然緊握著我的手，繼續說道：「妳瞧，我親愛的艾絲莫瑞妲，就在公演開始前的一個小時，我墜落到舞台底下，當場摔死了！」

這句英文怎麼說

那將會是我一生中最輝煌的一夜！
It was to be the greatest night of my life!

我倒抽了一口氣。他正指著那道暗門。

我現在明白他是誰了。他是那個失蹤的男孩，那個七十二年前擔綱飾演幽靈、但卻消失無蹤的男孩。

現在他在這兒，和我站在同一個舞台上。他在這兒，向所有人揭露他的失蹤之謎，告訴大家那齣戲爲何始終不曾上演。

「那裡！」他指著舞台地面的開口，喊道：「我就是從那裡摔下去的！就是那裡！我摔死了，變成了一個眞正的幽靈。從此我一直在底下等待、等待，希望有像今天這樣的一個夜晚，我終於能夠粉墨登場，演出我的角色！」

當他說完這番話，觀眾席上爆出一陣熱烈的掌聲，大家都高聲喝采。

我知道，他們以爲這原本就是戲裡的台詞，他們不明白他說的話背後眞實的痛苦，他們並不知道他是在傾訴自己眞正的遭遇。

那幽靈深深一鞠躬，掌聲更熱烈了。

煙霧將我們兩個淹沒。

他是誰？究竟是誰？

這個問題始終盤旋在我心頭。

我必須知道答案。我必須知道這個幽靈是誰。

當他鞠躬完畢，直起身子時，我掙脫被他握住的手。

接著我伸手往上——扯掉了他的面具！

這句英文怎麼說

我伸手過去拉開他的手。
I reached to pull away his hands.

26.

我瞇起眼睛，望進藍色的濃霧中，急切的想看見他的臉。
燦亮的聚光燈射入我的眼睛，使我眼前一黑。
就在那一瞬間，那幽靈用雙手遮住了自己的臉。
我伸手過去拉開他的手。
「不！」他尖叫：「不——不可以！」
他踉蹌的後退幾步，閃避著我。
他搖搖晃晃，失去了平衡。
「不！不！」他喊道：「不可以！千萬不要！」
接著他往後栽倒。

跌進了暗門的洞口。

消失在迴旋的藍色煙霧中。

我聽見他一路尖叫著往下墜落。

接著是一片寂靜。

觀眾都站了起來，爆出如雷的掌聲，大聲叫好。

他們都以爲這眞的是這齣戲的劇情。

但是我知道實情。我知道在七十二年後，那個幽靈終於揭露了自己的身分，終於在舞台上有了輝煌的一刻。

然後，他又死了一遍。

當簾幕降下，阻隔了觀眾興奮的喝采聲，我奔到洞口，雙手捂著臉頰。

我說不出話來，也無法動彈。

我凝望著洞穴深處，但是只見到一片漆黑。

接著我抬起眼睛，看見柴克橫過舞台朝我奔來。他穿著牛仔褲和白色T恤，蹣跚的跑向我，神情一片茫然。

這句英文怎麼說

我們搜尋了各個角落。
We searched every corner.

「柴克！」我喊道。

「噢，有人打了我一下，」他揉著後腦勺，呻吟道：「接著我就不省人事了。」

他抬起眼睛望著我。「布魯克，妳還好吧？妳——」

「那個幽靈！」我喊道：「他代替你上了台，柴克。他……他現在在下面！」

我指著洞口。「我們得趕緊找到他！」

我踩了踩那個開關，暗門匡啷匡啷的響了起來。那平台又回到了地面上。

柴克和我爬上平台。

我們搭著暗門下去，進入那黑暗的地底密室。

我們搜尋了各個角落，都沒有發現他。

我們沒有找到面具、戲服，或是任何東西。

不知怎麼的，我知道我們永遠找不到了。

不知怎麼的，我知道我們永遠不會再見到他了。

「太好了，同學們！演出太成功了！」當我們魚貫下台時，渥克老師對我們喊道：「幽靈，我喜歡你自己加上去的台詞！做得好！待會兒慶功宴上見囉！」

柴克和我掙扎著要擠進梳妝室去換下戲服，但是我們被前來道賀的人群團團圍住，他們想要讚美我們是多麼有天份、演得有多好。

演出大獲成功！

我尋找著布萊恩，想要告訴他關於幽靈的一切。但是在成群興奮的親友當中卻不見他的身影。

「快點！我們快點離開這兒！」柴克喊道。他拉著我的手奔出了禮堂，來到走廊上。

「哇！我們太成功了！」我喊道。我覺得既興奮、又激動，既迷惑、又茫然，所有的感覺同時襲來。

「我們乾脆拿了外套，回家再換衣服好了，」柴克提議道：「我們可以在路上想想到底是誰演了我的角色，然後在我家會合，一起去參加慶功宴。」

「好呀，」我同意。「但是我們得快一點。我爸媽還等著要讚美我是多麼閃亮的巨星呢！」

這句英文怎麼說

演出大獲成功！
The play was a major success!

興奮的談笑聲從禮堂中傳出來，跟隨著我們一路來到置物櫃旁。

「嘿——」我在我的置物櫃前停下了腳步。「你看，柴克。門是開著的。我記得我上鎖了呀。」

「真是怪了。」柴克低聲嘀咕道。

我把櫃門完全拉開，一本書從裡頭掉了出來，摔在地上。

我彎腰將它拾起，那是一本舊書，棕色的封皮又破又舊而且沾滿塵埃。我把它翻了過來，瞇著眼睛藉著走廊昏暗的光線讀著封面。

「這是很久、很久以前的畢業紀念冊。」我對柴克說道：「你瞧，是我們學校的。伍茲米爾。但它是一九二〇年的。」

「什麼？它怎麼會跑到妳的置物櫃裡？」柴克低頭注視著它，問道。

我的眼光落在一張撕下來的紙片上，它被當成書籤夾在紀念冊中間。

我用雙手捧著那本厚重的舊書，翻到書籤標示的那一頁。

「哇！」柴克喊道：「我真不敢相信！」

紀念冊上刊著一篇文章，是關於我們剛剛演出的那齣戲的。

《劇場魅影》將在春季公演——文章上方的標題這麼寫著。

「這一定是在那個學年剛開始時寫的。」我說：「我們知道這齣戲從來沒有上演，我們知道當時整件事情的前因後果。」

「把書湊近燈光些，」柴克對我說：「我們看看照片。」

我將那本書舉高，我們一起凝視著那些佈滿兩個頁面的小小照片。

然後我們都看見了。

一張小小的、模糊的黑白照片，上頭是那個出任主角的男孩，那個原本要飾演幽靈的男孩。

那個消失無蹤的男孩。

那個男孩就是布萊恩。

- 我們以為這一切不過是個大玩笑。
  We thought it was all just a big joke.
- 我不必轉身就知道那是誰。
  I didn't have to turn around to know who it was.
- 柴克卻連眼睛都沒眨一下。
  Zeke didn't bat an eye.
- 柴克和我都參加了這齣戲的選角試演。
  Zeke and I had both tried out for the play.
- 我感到胃裡一陣翻攪。
  I felt sick to my stomach.
- 要說出惡劣小氣的話是很困難的。
  It's hard to think of mean, nasty things to say.
- 那句話讓大家都閉上了嘴巴。
  That shut everyone up.
- 你不可能嚇倒我們的！
  You can't scare us!
- 當時的學生想要演一齣話劇。
  The students wanted to put on a play.
- 老師朝著叫聲的方向跑去。
  The teacher ran toward the sound.
- 柴克一屁股坐回我旁邊的座位。
  Zeke dropped back into the seat next to me.
- 讓我們開始辦正經事。
  Let's get down to business.
- 我轉過身，往舞台衝去。
  I turned and made a dash for the stage.
- 渥克老師大聲的清了清喉嚨。
  Ms. Walker cleared her throat loudly.

我感覺有一隻手拉住我。

I felt a hand pull me back.

有時候我會連打十三、十四個噴嚏。

Sometimes I sneeze thirteen or fourteen times in a row.

我試著儘量壓低音量。

I tried to keep them as silent as possible.

這玩意兒要下降到多深的地方呀？

How far down does this thing go?

我往他的手臂搥了一下。

I punched him in the arm.

柴克勉強笑了一下。

Zeke forced a laugh.

我等著他伸下手來拉我。

I waited for him to reach down for me.

「也該是時候了！」我氣憤的喊著。

"It's about time!" I shouted angrily.

他大概只比柴克高個一、兩吋。

He stood only an inch or two taller than Zeke.

那天晚上，柴克和我通了電話。

Zeke and I talked on the phone that night.

你的口氣就跟媽一樣！

You sound just like Mom!

我以為渥克老師是叫我坐這兒。

I think this is where Ms. Walker told me to sit.

有時候我會怯場得很嚴重。

Sometimes I get pretty bad stage fright.

置物櫃的門居然半開著。

The locker door stood half open.

- 她剛剛把布萊恩介紹給大家。
  She had just finished introducing Brian to Everyone.
- 他真的很渴望參加演出。
  He really is eager to be in the play.
- 禮堂的燈光又亮了起來。
  The auditorium lights flickered back on.
- 我聳聳肩，不知道怎麼回答。
  I shrugged. I couldn't answer.
- 他喜歡成為注目的焦點。
  He loved being the center of attention.
- 話劇排練這麼早就結束了啊？
  Is play rehearsal over so early?
- 你在那裡待得夠久了。
  You were there long enough.
- 那是你上台的唯一機會。
  It's the only time you'll be onstage.
- 我早該猜到柴克想做什麼。
  I should have guessed what Zeke was up to.
- 他透過那張面具抬眼看著我。
  Through the mask, he raised his eyes to me.
- 排練已經在幾分鐘前結束了。
  Rehearsal had ended a few minutes before.
- 你的佈景幕漆得很好。
  You're doing a good job on the backdrop.
- 有人把我的數學課本送過來嗎？
  Did anyone turn in my math book?
- 我真的無法冷靜了。
  I really lost my cool.

她究竟有多麼想演艾絲莫瑞妲呢？
How much does she want to play Esmerelda?

但他就是不會用它來看時間。
But he can't get it to tell the time.

我們都舉起手來摀住耳朵。
We raised our hands to protect our ears.

萬一我們被抓到了怎麼辦？
What if we get caught?

我們躡手躡腳的穿過黑暗，朝門口走去。
We tiptoed through the darkness to the door.

我不斷的瞻前顧後。
I kept moving my eyes back and forth.

究竟是誰把它放下來的？
Who on earth is sending it down?

柴克是頭一個行動的人。
Zeke was the first to move.

她舉起一隻手阻止我往下說。
She raised a hand to stop me.

我們是從某扇窗戶爬進來的。
We climbed in through a window.

她的嘴唇無聲的讀著。
Her lips silently formed the words.

我們跟在她後面走了幾步。
We took a few steps, walking behind her.

這句話是從她緊咬的牙縫中擠出來的。
She said it through gritted teeth.

所以我才要他打開置物櫃。
That's why I want him to open his locker.

- 這件事你們兩個也有份嗎？
  So you two were also involved?
- 她剛才是在學校裡嗎？我納悶著。
  Was she in the school? I wondered.
- 再過一個星期就要公演了。
  The performance was only a week away.
- 渥克老師吃過午飯回來了。
  Ms. Walker had returned from lunch.
- 幾秒鐘後她平靜了下來。
  She calmed down after a few seconds.
- 布萊恩把球扔給狗兒。
  Brian tossed the ball to the dog.
- 我可以在這兒把風。
  I could stand guard.
- 他用唱歌似的腔調喊著。
  He called in a singsong voice.
- 我摸索著牆壁，終於找到了開關。
  I fumbled on the wall till I found the switch.
- 你故做輕鬆的哼歌是騙不了我的。
  You can't fool me with a little cheerful humming.
- 他用肩膀猛撞著門。
  He banged his shoulder against the door.
- 我又深吸了一口氣，然後憋著。
  I took another deep breath and held it.
- 他並沒有從門口挪開。
  He didn't budge from the doorway.
- 他的唇上浮現一個苦澀的笑容。
  A bitter smile formed on his lips.

這是我們逃走的唯一機會。
It was our only chance of escape.

你怎麼知道我們在這下面？
How did you know we were down there?

柴克的爸爸要開車載我回家。
Zeke's dad was going to drive me home.

這應該是很好玩的。
This is supposed to be fun.

觀眾似乎看得津津有味。
The audience seemed to be having a great time.

為什麼他看起來這麼眼熟？
Why does he look familiar?

那將會是我一生中最輝煌的一夜！
It was to be the greatest night of my life!

我伸手過去拉開他的手。
I reached to pull away his hands.

我們搜尋了各個角落。
We searched every corner.

演出大獲成功！
The play was a major success!

給你一身雞皮疙瘩！

鬼鋼琴

Piano Lessons Can Be Murder

練到你魂飛魄散！

當傑瑞在新家閣樓上發現一架塵封已久的舊鋼琴時，他的父母提議讓他學琴。起初，上鋼琴課似乎是個很酷的主意。但是傑瑞的鋼琴老師身上卻透著古怪。

這位史瑞克博士身上有些東西真的讓人發毛，究竟是什麼，傑瑞卻也說不上來。

然後傑瑞聽到了那些故事，嚇死人的故事……

妖獸森林

The Beast From The East

來妖獸森林玩最夯的生存遊戲……

珍潔和她的雙胞胎弟弟奈特和派特，在森林中迷了路。森林裡有塊區域透著詭異氣息——那裡的草是鐵銹色的，灌木叢是藍色的，連樹木都像摩天大樓般高聳入雲！接著珍潔和她弟弟遇到了長著藍色長毛的巨大怪物，而且牠們要玩一種遊戲，贏的人可以活命，輸的人就會被吃掉；麻煩的是，你不玩還不行……

每本定價 199 元

雞皮疙瘩系列 34

禮堂的幽靈

原著書名——Phantom of the Auditorium
原出版社——Scholastic Inc.
作　　者——R.L. 史坦恩（R.L.STINE）
譯　　者——孫梅君
責任編輯——劉枚瑛、何若文

國家圖書館出版品預行編目（CIP）資料

禮堂的幽靈　/ R. L. 史坦恩 (R. L. Stine) 著 ; 孫梅君 譯 .
-- 2 版 . -- 臺北市 : 商周出版 : 家庭傳媒城邦分公司發行 ,
民 105.08 184 面 ; 14.8 x 21 公分 . -- (雞皮疙瘩系列 ;34)
譯自 :Phantom of the auditorium
ISBN 978-986-477-063-2(平裝)
874.59　105011348

版　　權——翁靜如、吳亭儀
行銷業務——林彥伶、石一志
總 編 輯——何宜珍
總 經 理——彭之琬
發 行 人——何飛鵬
法律顧問——台英國際商務法律事務所 羅明通律師
出　　版——商周出版
臺北市中山區民生東路二段 141 號 9 樓
電話：(02) 2500-7008 傳真：(02) 2500-7759
E-mail：bwp.service @ cite.com.tw
發　　行——英屬蓋曼群島商家庭傳媒股份有限公司城邦分公司
臺北市中山區民生東路二段 141 號 2 樓
讀者服務專線：0800-020-299 24 小時傳真服務：(02)2517-0999
讀者服務信箱 E-mail：cs @ cite.com.tw
劃撥帳號——19833503 戶名：英屬蓋曼群島商家庭傳媒股份有限公司城邦分公司
訂購服務——書虫股份有限公司客服專線：(02)2500-7718；2500-7719
服務時間：週一至週五上午 09:30-12:00；下午 13:30-17:00
24 小時傳真專線：(02)2500-1990；2500-1991
劃撥帳號：19863813 戶名：書虫股份有限公司
E-mail：service@readingclub.com.tw
香港發行所——城邦（香港）出版集團有限公司
香港 灣仔 駱克道 193 號東超商業中心 1 樓
電話：(852) 2508-6231 傳真：(852) 2578-9337
馬新發行所——城邦（馬新）出版集團
Cité(M) Sdn. Bhd. 41, Jalan Radin Anum,
Bandar Baru Sri Petaling, 57000 Kuala Lumpur, Malaysia.
電話：(603)9057-8822 傳真：(603)9057-6622
商周出版部落格——http://bwp25007008.pixnet.net/blog
行政院新聞局北市業字第 913 號

美術設計——王秀惠
印　　刷——卡樂彩色製版有限公司
經 銷 商——聯合發行股份有限公司 新北市 231 新店區寶橋路 235 巷 6 弄 6 號 2 樓
電話：(02)2917-8022 傳真：(02)2911-0053

■ 2005 年（民 94）03 月初版
■ 2021 年（民 110）10 月 07 日 2 版 2 刷
■ 定價 / 199 元

ISBN 978-986-477-063-2

Printed in Taiwan
城邦讀書花園
www.cite.com.tw

Goosebumps®

Goosebumps®